一寸相思一寸灰

古诗词中的情与美

曾入龙 ◎ 著

江西人民出版社
Jiangxi People's Publishing House
全国百佳出版社

图书在版编目（CIP）数据

一寸相思一寸灰：古诗词中的情与美 / 曾入龙著.
-- 南昌：江西人民出版社，2017.9
ISBN 978-7-210-09654-2

Ⅰ. ①一… Ⅱ. ①曾… Ⅲ. ①散文集－中国－当代
Ⅳ. ①I267

中国版本图书馆CIP数据核字（2017）第201462号

一寸相思一寸灰：古诗词中的情与美

曾入龙 / 著

责任编辑 / 冯雪松　胡小丽
出版发行 / 江西人民出版社
印刷 / 保定市西城胶印有限公司
版次 / 2017年9月第1版
2019年11月第3次印刷
880毫米×1280毫米　1/32　7.625印张
字数 / 150千字
ISBN 978-7-210-09654-2
定价 / 36.00元
赣版权登字-01-2017-620
版权所有　侵权必究

如有质量问题，请寄回印厂调换。联系电话：010-64926437

序　言

诗词于我，是一见倾心的，是葡萄美酒夜光杯，是玉碗盛来琥珀光，是似曾相识燕归来，亦是斜风细雨不须归。

在诗词里栖居，整个人一下子诗意起来。于诗词里，饮清风，步明月，闲逸如此，风雨安然。或柳下泊舟，舟前钓烟，烟里曲径，径上寻花，于这素素光阴里，宜以素心一粒，静听细水流长。

或于花阴一片中，拾一朵两朵花，拈一瓣两瓣香，扑一只两只蝴蝶，看一场两场日落。日出日落，如画如诗，朝霞卷雪，晚霞欲醉。日薄西山时，听燕啭莺啼，看倦鸟归林。月上柳梢时，有白云出岫，任烟笼寒沙。

或于深山一隅，孤村一角，寻一处僻壤隐居，赏开谢之花，看来去之人。最好缁衣胜雪，于清风明月里，烹茶扫雪，闲话渔樵，庭前吟诗作画，一任风雨潇潇。如此，便是最好的皈依了。

从诗词中寻出一片文艺之风。《天雨花》第一回中，有这样一段文字："我思女子之中，若通些文艺，必竟脱俗。"一下子心心念念了。文艺这个词，仿佛有魔性似的，让人一旦沉沦了，便再也无法自拔。

文艺是什么？在我看来，文艺什么都不是，却又什么都是。用雪小禅的话来说，文艺就是日常。

雪小禅说："心怎么养，心到底是什么？光阴之物到底是什么？这是我从前追问的问题。现在，有答案了。"她的答案是，日常。最是日常动人处，所有的所有，一切的一切，都文艺起来了，都诗意起来了，仿佛低到尘埃里的生活，因了一粒素心，开出了最美的花朵。

文艺确实是日常的。在日常里，买一本书，寻一片清幽之地，最好有古楸翠柏，最好有花影松风，然后扶竹而歌，或者倚石而坐，然后在一片浓密的树阴下，浪费一下午的光阴。

若是身在城市，不妨寻一处咖啡店坐下，店无须大，最好客人也不要太多，就寻一个角落坐下，点一杯卡布奇诺，然后看着窗外行人来去匆匆，窗外车辆渐行渐远，或者就那么静静坐着，饮完了一杯再饮一杯，细细品味其中的滋味，任之从舌尖扩散至心底，再从心底扩散至全身。

想起《红楼梦》来，其中的公子、小姐们，实在文艺过了分，但那样的生活，实在太精致了，是让人销了魂倾了心的，是能把骨子磨软的，然后让人沉沦了，便再也不想挣扎了。

《红楼梦》中，他们猜灯谜、结诗社、庆元宵、行酒令……最是日常动人处，就连吃螃蟹，也能想出咏螃蟹的游戏。犹记得第五十回里，众人齐聚芦雪庵，如此美景良辰，当即有人提议，咱们联诗吧。此话一出，应者如云，随即拈阄为序，即景联诗。

还有第三十七回。初秋时节，探春提议组建海棠诗社，旨在"宴集诗人於风庭月榭，醉飞吟盏於帘杏溪桃，作诗吟辞以显大观园众姊妹之文采不让桃李须眉"，如此风雅趣事，众姊妹自是乐在其中。其中有趣的，除了赋菊花诗外，便是各起名号了。黛玉叫"潇湘妃子"，宝钗叫"蘅芜君"，李纨叫"稻香老农"，探春叫"蕉下客"……一个个锦心绣口人，活生生将日常过得如此诗意盎然。

这样的生活真让人艳羡。

大学时，常常行至图书馆，馆中多旧书，尤其"古代文学"这一带，因为鲜有人来，所以一排排整齐的书籍上，覆盖了一层薄薄的尘埃。正合我意啊，于是借着灯光，寻了书，倚在窗户边，静静地看了起来。无人经过，无人打扰，那一刻，自己仿佛空谷中的幽兰，甚至有那么一段时间，我从自己身上，嗅到了若有若无的清香。

看的都是诗词，辛弃疾、苏东坡、柳永、晏几道、杜甫、李白、张玉娘、纳兰容若……所有思绪全在古诗词里，那一个个句读，那一个个格律，如空中翩然而过的云朵，与我流连诗意里，斜风细雨不须归。

所以是醉了的，醉在了古诗词里，至今不愿醒来。愿在古诗词里，与诗人一起，对酒当歌，闲话渔樵。

愿有人随我一道，于古诗词里，坐看暖云香雪，闲听静水流深。愿古诗词里的文艺之风，从书中缓缓吹起，轻轻拂过人间。

愿诗中有花一朵，为君倾尽一生香。

【目录】

第一卷　流萤纪·此心不负锦香囊

　　碧纱窗外度流萤　　002

　　歌尽桃花扇底风　　009

　　此心不负锦香囊　　016

　　我见青山多妩媚　　023

　　共醉花前玉笛声　　030

　　弹棋夜半灯花落　　037

第二卷　枕上琴·半衾轻梦浓如酒

　　半衾轻梦浓如酒　　048

　　唯愿花心似我心　　055

　　笑筵歌席连昏昼　　063

　　枕上琴闲借客弹　　070

　　同赴松窗烛下棋　　078

　　刺桐花下学兰亭　　086

第三卷　卖花声·一回顾作两相思

名鸟群飞古画中　　096

梦回犹听卖花声　　105

一回顾作两相思　　116

年华惊梦不如归　　120

消受村居一味闲　　132

帕罗香软衬金荷　　141

第四卷　再回首·凉影浮上绿萝衣

风前一雁落彤弓　　150

晚泊孤舟古祠下　　158

回首烟波十四桥　　166

花香袭梦到河州　　173

无数飞泉大小珠　　177

凉影浮上绿萝衣　　181

第五卷　少年时·窗外芭蕉窗里人

葵心独向曜灵倾　　190

满城尽染芙蓉色　　197

鲜衣怒马少年时　　202

腰间宝剑映金章　　214

窗外芭蕉窗里人　　220

山好更宜余积雪　　229

第一卷

流萤纪·此心不负锦香囊

碧纱窗外度流萤

一

看过一首小诗,一下子惊艳了,美从中来,势不可当。于是沿着平仄的浮动,轻轻缓缓,不徐不疾,披着月色,溯回那段芬芳迷人的大唐时光。

在哪里看到的已然忘记了,只记得诗的题目——《秋夕》。一种静美扑面而来,沁入人心,刹那间秋高气爽了,仿佛置身于天高云淡间,静看庭前花开花落,笑说天上云卷云舒。

在这样静美的秋夕,一人静坐,听雨听风。最宜在一处亭台之上,亭前流水,亭外青山,于此倚栏而坐,有青灯如豆,映石上花影。

如此良辰如此夜,最先想起的,竟是汤显祖《牡丹亭》中的一段唱词:"原来姹紫嫣红开遍,似这般都付与断井颓垣。良辰美景奈何天,赏心乐事谁家院?朝飞暮卷,云霞翠轩,雨丝风片,烟波画船,锦屏人忒看的这韶光贱。则为你如花美眷,似水流年,是答儿闲寻遍,在幽闺自怜。"

忍不住轻吟。轻声吟唱、手舞足蹈起来,在这个小小的亭台之上,云是我的天,花是我的地,这一方世界是我的,我的山河,我的岁月,一切尽在掌握之中。

这般恣意，好不洒然。一直艳羡这样的生活，在这个秋夕，愿做一位青衣，浅施粉黛，淡抹妆容，一举手一投足间，天上的星辰眨巴着眼睛，藏身于白云深处，窥视着亭中轻舞的身影。

想想都是美的，单是一个题目，便已美得如此倾城。

秋夕，一个引人遐思的题目。在一个静美的秋夕里，最宜做的，其实是只身一人，花前静坐，最好膝上放上一本书，封面不张扬，愈素雅愈好。最好扉页上什么也没有，不题字，无色彩，只是简简单单地印上几朵幽花，幽花含露，欲语还休。最好是诗词，唐诗或者宋词，辞赋或者元曲，于一个两个句读间，听唐时的风，看宋时的雨，描摹几处汉时宫阙，勾勒几笔元代烟波。

其实更适宜的，是挑灯月下，读雪小禅或者白落梅，或与李娟寻美，或者在白音格力的文字里，感受一种恬静的情怀。

在作家李娟的文章中，看到过这样一段文字："不知不觉，三月了。去江畔看桃，看李，看春风。什么也不做，听杜鹃叫，看白鹭飞。梅令人高，兰令人幽，竹令人韵，菊令人野，四季草木，人世春秋。烟花三月，读画，赏花，写字，深情唯有落花知。"一下子倾了心。这样素雅的文字，是勾魂药，是摄魂丹，让一颗沉寂已久的文艺之心，逐渐萌动起来，重新活络起来。

这样的生活，简直美得不可方物。在雪小禅笔下，每一个日子都是精致的，粗茶淡饭，柴米油盐，有烟火味，有里短家长。雪小禅接受一家杂志采访时，杂志问："你到一个城市中最喜欢去的地方是哪里？"雪小禅的答案是："菜市场。"

雪小禅说："绝非我故意要玩弄什么噱头。他们以为我会回答这个城市的广场,或者剧院、博物馆、大商场、公园、古迹……不,这些远远不如菜市场更诱惑我。"她说:"在成都,我看到了最干净最雅致最饱满的菜市场,那成堆的辣椒仿佛都有秩序。在西宁,我看到鲜红的枸杞被成堆成堆地摆放在了莫家街上。在昆明,那些竹筐里的菜有些凌乱,可是,非常新鲜动人……"

一下子笑了起来,一下子会心了,在这个秋夕,读着一些简单的文字,风轻云淡,美自心来。

二

读一首诗,如饮一盏香茗。

不止饮,还得品。

品茶颇讲究,小口啜饮,口齿生香。或围炉小坐,于一个清寂的秋夕,与二三知己,谈笑之间,起火烹茶。或一人独坐,就这样静静地等,悠悠地等,小火映眉,英气自来,绿烟升起,今夕何夕?

低眉一嗅,刹那间风清月朗,水落石出了。那沁人心脾的一缕清香,轻啜间,细品间,小溪之水山中来,清澈见底,流过舌尖。茶叶也次第萌芽开来,苍翠几许,唇上生春。

纵然是再寻常不过的物事,用心了,细品了,一个不为人知的世界,便会从水面上缓缓地浮出来。

品诗如品茗。《秋夕》这首诗,宜在一个清寂的夜晚,只身一人,轻轻地哑,细细地品。

秋夕

唐·杜牧

银烛秋光冷画屏，轻罗小扇扑流萤。

天阶夜色凉如水，卧看牵牛织女星。

一下子入了境。

一下子走了进去，踩着平仄，踏着韵律，翩然若蝶，飞入诗中。

喜欢这首诗，是因为流萤。诗中说，轻罗小扇扑流萤，一下子着了迷，一下子喜欢上了，没有根由的，体无完肤的，喜欢上了。

脑海中浮现这样一个画面：一个素衣胜雪的女子，在某个清零的秋夕，独自一人，迎风而舞。手中的画扇轻盈如燕，在女子的手中灵活自如，时而轻扇清风，时而轻扇花朵。

流萤三五，徐徐飞来。女子见了，喜不自禁，于是左手提裙，右手执扇，身轻如蝶，扑向流萤。眉宇间欣喜如莲，绽放于天地之间。

这样的画面，真是美极了。小女子的情态一下子显露出来，天真，活泼，充满喜气，让人忍俊不禁。

所以初见这句诗时，整个人都放松了，天地豁然开朗起来，只差良田美池，便真以为自己行到了桃源深处。

有一首儿歌唱得真好："滴娥滴娥到我家，我家庭院里有金瓜……"滴娥就是流萤。所以歌声起时，整个天地都欢快起来了，我仿佛听到了孩子们的笑声，你追我逐，你打我闹。仿佛我也回到了孩提时代，与旧时玩伴一起，扑流萤，捉蜻蜓。

宋代诗人陆游也有关于流萤的作品。他在《月下》中写到："月白庭空树影稀，鹊栖不稳绕枝飞。老翁也学痴儿女，扑得流萤露湿衣。"惬意的生活一下子扑面而来，让人不禁慨叹这个久经沙场的男子，除了官场失意的落魄，竟也有恬然浪漫的一面。不过转念一想，却也不足为奇了，这个名叫陆游的男子，骨子里说到底也是渴望浪漫的，可惜造化弄人，令人不甚唏嘘。

喜欢流萤，所以有关流萤的诗句分外关注。

关于骆宾王，人们对他的印象，大抵停留在"鹅鹅鹅，曲项向天歌。白毛浮绿水，红掌拨清波"这首《咏鹅》诗里。再熟悉一点的，恐怕是《在狱咏蝉》中的那句诗了："无人信高洁，谁为表予心？"

骆宾王有一篇文章，我是颇喜欢的。他在《萤赋》中写道："每寒潜而暑至，若知来而藏往。既发挥以外融，亦含光而内朗。"流萤的形象一下子生动起来，一下子丰满起来，一下子扑入人心，成了心中一盏不灭的灯。

关于流萤，还有一个浪漫的故事。囊萤读书，多浪漫啊，多诗意啊，纵使车胤一贫如洗，但他在精神上，完全为自己撑起了一片天。也想过囊萤读书，于亭台间，扯来几匹月光书，嗅一嗅月桂树下香，看一看广寒宫里人。

但终究只是想想而已。

三

不过，真是这样吗？

不是的。

不是的。

这只是我的一厢情愿而已。

断了章,取了意,南辕北辙,意会错了。原本以为的"轻罗小扇扑流萤",不是在秋高气爽天,也不在豁然开朗的桃花源里,在的却是深宫里。

知道的时候一下子惊住了,读至全篇时,心中竟薄凉起来,心里空落落的,仿佛丢了魂失了魄,仿佛一下子跌进冰窖里,举目四望,一片怅然。

这个柔弱的女子,独立在银烛秋光间,踯躅于冰凉的画屏之前,画屏之上,春色如许,画屏之外,孑影茕茕。

这才知道,这个柔弱的女子竟是宫女。关于宫女的印象,一直是楚楚可怜、身不由己的,南唐后主李煜在《玉楼春》中有云:"晚妆初了明肌雪,春殿嫔娥鱼贯列。凤箫吹断水云闲,重按霓裳歌遍彻。临风谁更飘香屑,醉拍阑干情味切。归时休放烛花红,待踏马蹄清夜月。"为博君王一笑,不得不佯笑装欢,个中酸楚,有几人知?

想起元稹的《行宫》:"寥落古行宫,宫花寂寞红。白头宫女在,闲坐说玄宗。"好在杜牧笔下的宫女,并非岁已迟暮,只是在冷冷清清的秋夕里寻寻觅觅,百无聊赖间,懒散地扑打着往来的流萤。

结句最是动容,这女子已然失意了,却偏偏横卧在草地上,静静地看着宫墙之外的牵牛星、织女星。此夜凉如水,天清月更明,有谁于宫外,听此断肠声?

此时的女子该是艳羡这些往来的流萤吧?流萤虽小,覆掌可灭,但却能够来去自如啊,能够轻轻越过这道高大的宫墙。所有情绪尽在行动中，扑打流萤，将之驱走，是怕见了愁更愁吧？

所谓词言情，诗言志，这首小诗，大抵是杜牧为了抒发壮志难酬后的苦闷吧。梅圣俞说："必能状难写之景如在目前，含不尽之意见于言外，然后为至矣。"一下子明白了，明白了杜牧的心事，明白了一首诗的背后隐藏着的，是一些不为人知的故事。

关于诗中的轻罗小扇，是有象征意义的。扇子本是夏天用来挥风取凉的，秋天就没用了，所以古诗里，常以秋扇比喻弃妇。

想起了班婕妤，这个当年名极一时的女子，汉成帝曾经的宠妃。班婕妤失宠后，深居长信宫，后来幽怨颇深，写了一首《怨歌行》："新裂齐纨素，皎洁如霜雪。裁为合欢扇，团团似明月。出入君怀袖，动摇微风发。常恐秋节至，凉飙夺炎热。弃捐箧笥中，恩情中道绝。"从此团扇便成了失宠女子的代言词。

对于诗词，我一向避重就轻，只愿意感受美好，把失意的、落魄的、沉重的、残忍的，一一抛在脑后。所以，至今依旧独爱这一句：轻罗小扇扑流萤。依旧愿意将快乐的、恣意的日子，强加在这个女子的身上。

作家许冬林的简介一见便倾了心，她如此介绍自己："依江水而居的古旧诗意女子，迷恋文字、旅游、缝纫和种植，安然低眉在红尘，过悠然意远的日子。自谓是一件出土的宋瓷，端然，易碎。"

她在《胭脂横行》这篇文章中写道："我的寂寞是有毒的。我是未充分燃烧的氧气，只是暂时做了寂寞的一氧化碳，还可以被点燃，还可以发光发热。那时，蓝色的火焰颤抖着跳舞，神秘，热烈……"愿世间所有女子都如许冬林这般，寂寞又何妨，寂寞了也要开出花来，盛放出属于自己的一片芬芳。

夹罗萤扇缕金书，十分凉意淡妆梳。扑流萤吧诗中的女子，画屏冷了，将它捂暖。银烛秋光艳如花，你于陌上，看月如水，水如画，看自己如一只流萤，轻轻飞过，天上人间。

歌尽桃花扇底风

一

身边多有雅人，能诗者、能画者比比皆是，在我看来，他们是池中月，她们是枝上花，他们弹琴复长啸，她们起舞弄清影……认识一个女子，面容姣好，灿若桃花，一下子喜欢上了，于是于很多个清寂的夜晚，读她的诗，赏她的画。

名字亦是诗意的。楚凌岚，楚楚可人的女子，凌风而舞，踏岚而来，清音如铃，倩姿若雪。想起周邦彦《解语花》中的句子："衣裳淡雅，看楚女纤腰一把。"一下子倾了心，仿佛这个女子是从诗词中来的，途径了秦宫汉阙，邂逅了宋雨唐风，最后于清风明月间，同松柏对饮，倚兰菊而歌。

在其自述里，有这样一段文字："性喜静，闲暇时多弹琴、品茗、读书、练字，赋古诗以怡情，作新诗以抒心。"不禁忆及白音格力的文字，他在一篇文章中如是写道："翻一本书，走一条路，与花与月，与山水草木，相惜于日常，私私耳语，妙高峰顶，也不过看得世间平凡最是美。"

亦想起雪小禅女士，在《最是日常动人处》里，她说："我喜欢日常这两个字。一点也不浮躁，特别脚踏实地。开始的开始，我们都喜欢有情调的，喜欢那日子上的一点点粉红或苍绿，可是，终于有一天，我们会喜欢日常。"日常是什么？是柴米油盐，是梅兰竹菊，是犬吠深巷里，也是鸡鸣三两声。在大型文化类节目《中华好诗词》里，楚凌岚一袭素衣，作揖时巧笑倩兮，对答时美目盼兮，恍如她在《小重山》中所写的那样："披发出蓬门。看花长独立、落纷纷。世间冷眼不须论。争知我、风月一闲人。"

如此风月闲人，在松竹生凉处，傍窗听鸟雀，任雨落黄昏。诗友凤凰山人为其小传曰："信矣哉惟楚有才，壮也夫其英日蔚。乃有楚凌岚者，甲戌年生，朗州人氏，号素笛。簧门既入，学本无双；笄礼已陈，年还过五。蕖出水而不妖，竹受风而固直。艺兼书画，墨林又起孙枝；文备诗词，笔阵再添女将。非徒虚著，尤务实能。自入唐社，每扼袖陈言，謇謇不避。义切肝肠，为如聂政之姊；孝明身发，行若淳于之儿。俗谓湘女性爽，证之果然。其诗好中唐，词尊小晏，心惟手作，旦览宵思。兰怀姜性，并见五七之言；月想云情，同归令慢之寄。著有《涟漪集》，特撷其作若干，以飨同好。非谓导夫先路，庶将启乎后来。"端的是绝妙佳人，于这俗世风尘里，有美一人，在水一方。

楚凌岚与友进行飞花令、行酒令之余，亦爱笔墨，曾见过一折画扇，为其亲手所绘，行云流水间，水墨皴染处，字美如诗，下笔如神。关于画扇，一直是喜爱的，无论题诗还是作画，因了笔墨的浸染，举手投足间，便已有了诗意。

一直极爱执扇的女子。那轻罗小扇扑流萤的女子，若出了宫门，必于风烟之外，倚竹而坐，看桃花流水春去也，天上人间。那风回仙驭云开扇的女子，怕是早已遗世独立了吧？或于万顷烟波里横槊赋诗，或在风烟俱净处，看一水横流，看群峰如飞，最终簪一朵桃花于鬓上，清心无欲，羽化登仙。

关于画扇，有一首诗是极喜欢的。宋代诗人蔡襄《漳州白莲僧宗要见遗纸扇每扇各书一首》诗云："山僧遗我白纸扇，入手轻快清风多。物无大小贵适用，何必吴绫与蜀罗。"诗白如话，语浅如溪，仿佛一壶茶水里，茶是山中茶，水是清溪水，小火细细烹着，而围炉对坐之人，谈笑风生，闲话风雨。

所以楚凌岚执扇一笑时，刹那间天朗气清了，所有桃花嫣然盛放，而她也如桃花一朵，开在枝头，春满人间。

二

关于画扇的诗句俯拾皆是。晏几道诗云："斗鸭池南夜不归，酒阑纨扇有新诗。"周邦彦诗云："水摇扇影戏鱼惊，柳梢残日弄微晴。"朱敦儒诗云："风落芙蓉画扇闲，凉随春色到人间。"就连气势凌人的宋太宗，也曾写过"诗吟海岳皆空尽，扇觉秋凉渐放闲"的句子。

喜欢画扇，犹喜桃花扇。单看桃花扇这名字，心里便已痴了醉了，桃花——这艳粉粉的花朵，仿佛一眼见到了，整个人都心心念念了。仿佛心里、眼里、脑海里，甚至整个身上，都开满了桃花——更有一枝桃花，嫣然如醉，从头上旁逸斜出，一直蔓延到了天上，连云朵也如桃花，也妖娆起来了。

桃花让人的骨子都酥了软了。诗人杨基有句:"千树桃花红一色,春光谁道不须多。"一下子春色满园了,一下子莺莺燕燕了,隐隐约约间,所有桃花化作蝴蝶万千,枝上枝下,翩然来去。

桃花扇呢,亦是别有一番滋味。扇上几抹殷红,人间数许春色——于画扇上,花不要多,就那么几朵,横横斜斜于几枝青枝上。桃枝亦不可多,赏心只有三两枝,就那么几枝,是删繁就简后的恣意,是婉转于点滴水墨的留白。

留白之美,一见倾心。作家李娟说:"中国水墨画讲究留白。留白处是天空、云朵、大海、皑皑的积雪,给人以无限的遐思,意蕴深长。"所以喜爱桃花扇,其实真正喜爱的,是三两枝桃花给人的,无限的遐思。曾见过桃花笺,很素雅的纸张,浅淡的红色,让人一下子润了眼,暖了心,而几朵若有若无的花痕散落花笺上,一朵、两朵、三朵、四朵……不枝繁叶茂,不繁花如雪,就那么几朵,闲逸地盛开着,见了的人,静了心宁了神,仿佛从中听到了花开的声音。

有一首描写桃花扇的绝句,如一朵幽微的花朵,盛开在大明恬静的时光里。我沿着平平仄仄的韵律,徐徐缓缓,走走停停,最终在一个名为张元凯的书生笔下,邂逅了一朵花的盛开——张元凯倚亭而坐,在几树花阴里,持笔挥毫:"碧桃树底醉流霞,记得当年翠袖遮。今日漂零歌扇在,令人肠断故园花。"书毕,鸟声如雨落下,弯月飞上云端。

他的心事我是不知道的,只因了这首绝句,便为他柔肠百转了。歌扇依旧,花开如昔,只是今天的人,早已不是"当年我"了。有一个句子以前只是觉得美,现在风风雨雨、经年辗转了,轻吟了细品了,才觉出其中滋味——"我亦飘零久",飘零的不只是自己,还有流年与青春。

高中时不知所以，为赋新词强说愁，曾写过一首《蝶恋花》，题为"致逝去的青春"，唱和之人无数，引为一时美谈。其中末句如是写道："还问旧交从此过，可还记得当时我？"当时只是觉得好玩，如今回首了，不禁感慨当时的自己，确实是年少无知。

记得当年翠袖遮。我想，当年的那个女子，他一定很爱很爱吧。那年那夜，书生吹箫，女子起舞，回眸一笑，书生如醉如痴……佳人相伴，翠袖添香，这样的故事，虽然被人写遍了写烂了，却依旧觉得好，很多刻骨铭心的爱情，不都是惊人的相似吗？

如今桃花树下，流霞欲醉，画扇上春色如旧，画扇外早已物是人非。轻轻吟一句"肠断故园花"，个中多少心酸，个中多少无奈，怕是只有书生自己才知道吧。在这一刻，只愿做一个偶然相遇的过路人，与之大醉一场后，默然离去。不惊扰书生，不惊扰桃花，愿以一场宿醉，让他忘掉一时苦闷。

古风歌曲《枯叶之蝶》里有这么一段对话，白马说："白马枯叶总相依，你帮我写一个故事吧。"写书人道："你要我写一个故事，我要一个陪我喝酒的朋友，做笔交易吧！三年！三年后的端阳，我帮你写完这本书……"愿做那个卖酒的写书人，盛来一碗醉生梦死酒，递给这个肠断故园花的书生。

三

还有一首题桃花扇的诗，为"香闺十咏"之一，张玉娘诗云：

"浓花妆点一枝春，影拂潇湘月半纶。歌和儿裳风力软，钗横发乱晓寒新。"端的是温润如玉、粉艳如花了。这一首绝句，让人一下子清朗起来，闺中画扇已是如此诱人，其他九咏又如何呢？

香闺十咏除了桃花扇，其余九咏分别为凌波袜、鲛绡帨、扶玉倚、鹊尾炉、青鸾镜、玉压衾、梅花枕、紫香囊、凤头钗。每一个名字都如一首诗，字字珠玑，美从中来。每一个名字都如一朵花，是桃花，是兰花，是梨花，是梅花……开在清风明月里，开在碧水蓝天间。楚凌岚的座右铭用在香闺十咏上是十分妥帖的，她说，"芝兰生于幽谷，不以无人而不芳"，这一朵朵花一样的名字，偏安于时光一隅，纵然无人识无人见，却也安然若素，兀自芬芳着。

第一次见到张玉娘这个名字，只是觉得眼生，查阅了相关资料后，不禁暗自咋舌——在大宋浩瀚如烟的时光里，竟有这么一位奇女子，毫不逊色于历史上几位知名的巾帼人物。

现代著名词学家唐圭璋教授在三十年代所写的《宋代女词人张玉娘——"鹦鹉冢"故事的来源》中写道："谁也知道，宋代女词人，有李易安、朱淑真、魏夫人、吴淑姬这一班人。可是很少人知道，宋代还有一位女词人张玉娘，足以和她们分庭抗礼呢……她短促的身世，比李易安、朱淑贞更为悲惨。李易安是悼念伉俪，朱淑贞是哀伤所遇，而她则是有情人不能成眷属，含恨千古……她这种贞孝的大节，不独超过寻常百姓，便是李易安、朱淑真，也还逊一筹呢！"如此高的评价，这在所有女词人中亦是不多见的。

雪小禅写过一段文字："这些触人心怀的美，摸上去，凉凉的，凉凉的，但是，非常美，非常罪。非常凄楚孤绝，又非常动人心魄。"说的，大抵是张玉娘吧。

张玉娘十五岁时，和与她同庚的书生沈佺订婚。二人两小无猜，情投意合，豆蔻年华的她，曾亲手做了一个香囊，并绣上一首《紫香囊》诗送给沈佺，其中一句诗云："纫兰独抱灵均操，不带春风儿女花。"小女儿情态一下子显露出来，令人忍俊不禁。不禁想起易安居士的《点绛唇》来："见有人来，袜划金钩溜。和羞走，倚门回首，却把青梅嗅。"

这时候的她哪曾想到，最后的最后，不是一帆风顺的过程，更不是有情人终成眷属的结局。在玉娘父亲有了悔婚之意时，她甚至竭力反对，写下《双燕离》诗："白杨花发春正美，黄鹄帘低垂。燕子双去复双来，将雏成旧垒。秋风忽夜起，相呼渡江水。风高江浪危，拆散东西飞。红径紫陌芳情断，朱户琼窗侣梦违。憔悴卫佳人，年年愁独归。"其中坚贞，引人慨叹。

沈佺赴京应试后，忍受相思之苦的她，提笔写下《山之高》："山之高，月出小。月之小，何皎皎！我有所思在远道。一日不见兮，我心悄悄。采苦采苦，于山之南。忡忡忧心，其何以堪。汝心金石坚，我操冰雪洁。拟结百岁盟，忽成一朝别。"元代最负盛名的学者虞伯生读到此诗时，拍案赞曰："有三百篇（《诗经》）之风，虽《卷耳》《虫草》不能过也！"读到"我操冰雪洁"句时更赞："真贞女也，才女也！"

不幸的是，沈佺一鸣惊人之时，因感染了伤寒，已然病入膏肓。玉娘得知后，早已泣不成声，在孤灯独照泪纵横中，玉娘寄书于沈佺，称"妾不偶于君，愿死以同穴也！"如此真切，花已溅泪，鸟已惊心。沈佺去世后,玉娘不愿独活,在不堪思念的煎熬后,一代才女心灰意冷,绝食而亡。时年二十七岁。

每一次轻吟《香闺十咏·桃花扇》,心中总是无限怅惘,当时明月在,曾照彩云归,如今素情无所着,怨逐双飞鸿。所有的所有,在似水流年里风轻云淡,一切的一切,在花开花落后,零落成泥碾作尘,香还如故吗?

有一段文字是这样写的:"我将收起所有的过往,在一棵法桐树下发着呆,想想前尘旧事。想想,那些烟花烧的日子,想想也如烟花一样,绽放过,疼过,爱过,欢喜过,不负过。"这一刻,我亦想如此,在碧桃树底看流霞,在细水流长里,回首风烟往事,低吟锦字残篇。

此心不负锦香囊

一

因了一颗文艺之心,骨子里竟多了些许诗意,所以见到"囊"字的时候,一下子倾了心。

只是觉得美,就这么简单——中国的汉字真的是艺术。都说一花一世界,一树一菩提,在我看来,中国的文字是——一字一草木,一字一春秋。所以在浩瀚的文字里,愿撷一个汉字为舟,看天如水,看水如烟,然后撑起兰桨,渔歌浅唱,泊向远方。

"囊"字是精致的。曾在一位书法家的房间里,于一轴行云流水的笔墨间，寻到了这个字。也不费劲，亦非刻意，只是一眼望向了书法，"囊"字顷刻间便盛放了——于青青草色中嫣然盛放，有美一朵，兀自芬芳。所以一下子看见了，仿佛在看到的那一刻，听到了幽微的、若有若无的一声，花开的声音。

这一轴书法真是美，笔墨皴染处，城春草木深。题的跋亦妙，不经意间，云淡风轻。之所以喜欢，是因了轴上的作品，是一首词——《锦香囊》，心头一下子漾起微澜，我心古井水，在这一刻，不再波澜誓不起了。

对"囊"字是真爱，因了香字，更爱了。一个"囊"字，是蚕丝织成的一段锦，是天上的云霞，是仙子身上轻轻披着的薄薄的轻纱，超然于世外，不食人间烟火。因了"香"字便不一样了，格变了，气场也变了——不再超然脱俗，而是有了人世的味道。以前只可远观，现在，可以近看了。

是香酥酥、软绵绵的，这就是香囊。

看过一个香囊，为女子的饰物，女子通诗词，习书画，一袭汉服在身，仿佛出世仙子。腰间有香囊，囊上绣鸳鸯——艳粉粉的香囊之上，一对鸳鸯交颈，戏水于烟波之间。囊上有柳，有荷，柳是青青柳，荷是尖尖角，偶有几朵青莲盛放开来，在一叶轻舟之侧，任清风拂过花香。

这样的女子是精致的，懂得生活之美。女子开了一间汉服店，在似锦南国里，过着自己喜欢的生活。我是极为艳羡的。女子说："我的客人不多，所以在闲暇的日子里，自己设计，自己缝纫，在一间小小的雅舍里，绣出属于自己的天上与人间。"

我问女子，"香囊里放了些什么"？女子抿嘴浅笑，道："什么都可以，春时桃花，夏时荷花，秋时桂花，冬时梅花……全是自行零落的。时常穿梭在这个城市的各个角落，将之拾来，然后晾干，最后一瓣一瓣轻轻地、细致地攥入囊中，如雕镂一块美玉，不敢大意分毫。"

女子说："所以养成了习惯，现在啊，香囊是贴身带着的，时不时嗅上一下，整个人都神清气爽了，烦恼啊，浮躁啊，全在香气中烟消云散，就连似水的光阴，也在如许香气中云淡风轻了。"女子末了，还拿出香囊在我眼前晃了一晃，随即系在腰上，俏皮得可爱。

我也忍俊不禁起来，心中对这个女子愈加倾敬了，也难怪读她的诗词，总有一缕清气扑面而来，教人凝神静气，如饮香茗。

在作家李娟的文字里，邂逅这样一段文字："穿美丽的衣服适宜做些雅致和有情趣的事，去水边品茗，月下听琴，或花间对酌，雪中赏梅。可是还是时常将它收进衣柜，挂上一个装满花瓣的香囊，让它独自馥郁而芬芳。"文字中的女子，写的应是这个南国烟雨里，于无人处绣鸳鸯的女子了。

二

这一轴书法，如雾中山，如山中水，如水上云，如云上月，此刻静静地斜挂在白墙上，更似一枝寒梅，从墙角旁逸斜出。

书法是美的，诗词亦是美，词的作者不陌生了，当见到这个名字的时候，心神早已翻山越岭，飞回大宋了，最后独立于一场烟雨里，看几星灯火，明灭在天地之间。还记得他的诗吗？"百啭千声随意移，山花红紫树高低。始知锁向金笼听，不及林间自在啼。"他是一只画眉鸟，在柳梢头,在竹风里,来兮归去,好不洒然。

亦记得他的《玉楼春》,早在初识诗词的时候,便已爱得不要不要了,尽管那时候什么也不晓,只是觉得美,却已足够了。词云:"樽前拟把归期说,未语春容先惨咽。人生自是有情痴,此恨不关风与月。离歌且莫翻新阕,一曲能教肠寸结,直须看尽洛城花,始共春风容易别。"

人间自是有情痴,此恨不关风与月。不禁忆起元好问的名句,在《摸鱼儿》中,元好问说:"问世间情为何物,直教人生死相许。"爱情向来是说不清道不明的,在爱情这场烟雨里,每个人都是雾里探花,水中看月。又想起"情不知所起,一往而深"这样的句子,一下子对"情痴"这个词语,有了更多的理解。

词是欧阳修写的,这个"平生为爱西湖好,来拥朱轮,富贵浮云,俯仰流年二十春"的男子,乃是唐宋八大家之一的风流人物。他在《锦香囊》中如是写道:"一寸相思无著处,甚夜长难度。灯花前、几转寒更,桐叶上、数声秋雨。真个此心终难负,况少年情绪。已交共、春茧缠绵,终不学、钿筝移柱。"

不知是什么时候写的,大抵是欧阳修年少的时候吧。这首作品,并不是欧阳修最优秀的作品,连中上亦算不上,但是对于美,永远没有优秀一说,美是什么?是灵魂与灵魂的碰撞,是静如止水的心灵上,泛起的一丝丝细微的涟漪。有了共鸣了,这首诗词啊,便也美出花来了。

一寸相思无著处,甚夜长难度——一下子倾了心,一下子共鸣了,这样的情感,谁人没有过?还记得怦然心动的感觉吗?遇上一个女子,一下子心仪了,在似水流年里想要遇到的如花美眷,不就是这个样子吗？于是躲在某个幽僻的角落里，痴痴地看，傻傻地看，偷偷地看，静静地看，就那么一直看着，直至女子起身了，走远了，才悠悠地跟了上去，若不顺路，便叹着气回家，心中满是不舍。

也只有这时候，才明白辗转反侧是一种怎样的煎熬了。歌手黄安在《明明知道相思苦》中唱道："明明知道相思苦，偏偏为你牵肠挂肚，经过几许细思量，宁愿承受这痛苦……"元曲《蟾宫曲》也有这样的句子："平生不会相思，才会相思，便害相思。身似浮云，心如飞絮，气若游丝。空一缕馀香在此，盼千金游子何之。证候来时，正是何时？灯半昏时，月半明时。"这大抵亦是欧阳修当时的心境吧。

于是相思难捱，于是度日如年。孤灯子影，秋雨寒更……整个夜晚孤零零、冷清清的，这个情不知所起的少年，还用问一往情深深几许吗？怕是已然此心不负，心心念念里全是她了。

所以百无聊赖时，灯花前静坐，秋雨里远望，甚至开始臆想了。臆想这件事真是美，本已愁容惨淡的男子，竟然有了一丝笑意，轻轻翘起的嘴角上，怕是挂满了对美好未来的期冀和憧憬。

脑海中的场景应是这样的吧：与佳人相伴，看花开庭前，听风递幽香，最好与心仪的女子一起，一人吹箫，一人起舞，古筝悠扬处，春蚕织缠绵……

三

少年欧阳修原来也有过这样的风月，记忆中的欧阳修，并不是这个样子。

这个样子不好吗？当然不是！这样的欧阳修，是有血有肉的，是苍茫人生里的，那一段浅绿与深红。

因为年少轻狂过，所以后来的日子，便也无风雨也无晴了。关于欧阳修，印象最深的，竟是他的字和号。关于他的介绍，是这么写的："欧阳修，字永叔，号醉翁，又号六一居士，北宋文学家、史学家。庐陵人。"一下子记住了，同时亦对六一居士这个名字，起了好奇之心。

什么是六一？

在自传中，欧阳修为我解了惑。《六一居士传》里，有这样一段文字："客有问曰：'六一，何谓也？'居士曰：'吾家藏书一万卷，集录三代以来金石遗文一千卷，有琴一张，有棋一局，而常置酒一壶。'客曰：'是为五一尔，奈何？'居士曰：'以吾一翁，老于此五物之间，是岂不为六一乎？'"

一下子笑出声来，这般诙谐，非旷达者不能如此。

对醉翁这个名字，亦是兴趣十足。

其实更喜醉翁这个名字，一个"醉"字，让人慨叹良多。李白诗云："今朝有酒今朝醉，千金散尽还复来。"又有诗云："钟鼓馔玉不足贵，但愿长醉不复醒。"还有诗云："劝君莫拒杯，春风笑人来。桃李如旧识，倾花向我开。"李白是醉侠，骨子里透出来的，是飘逸之气，仿佛千里快哉风，一去而无迹。

欧阳修不一样，一个"醉"字一个"翁"字，简直勾勒了他的一生。他在宦海中沉沉浮浮，在人生中起起落落，得意过，失意过，悲喜过，茫然过……风风雨雨这么多年，确实已然也无风雨也无晴了，如今白了头，成了翁，甘心一醉，至死方休。

在网络上读到过一首诗,其中有一句,印象特别深刻:"风一吹,人就散了。"古人云"人生七十古来稀",到了晚年的欧阳修,早已被坎坷磨尽了棱角,现在的他,玉润了,通透了,豁达了,也就真正明白了什么才是人生得意须尽欢,莫使金樽空对月。所以《醉翁亭记》里的欧阳修,一下子入了心,成了我心中一道绝美的风景。

"临溪而渔,溪深而鱼肥,酿泉为酒,泉香而酒洌,山肴野蔌,杂然而前陈者,太守宴也。宴酣之乐,非丝非竹,射者中,弈者胜,觥筹交错,起坐而喧哗者,众宾欢也。苍颜白发,颓然乎其间者,太守醉也……"每一次品读这篇文字,心中总有清风明月,伴我燕舞莺歌。

所以读到《锦香囊》时,心中悲欣交集起来。少年时的欧阳修,在浅绿与深红里,寻到了自己的花朵与芬芳。情痴的种子早已种在了他的骨子里,不知道结果如何,但却衷心地觉得,爱情的花朵,应该在几度相思后,结出了甜美的果实。

想起《锁麟囊》来,最喜听程砚秋先生的曲子了。

京剧《锁麟囊》里,有一段唱词是这样唱的:"怕流水年华春去渺,一样心情别样娇。不是我无故寻烦恼,如意珠儿手未操,啊,手未操……"一下子与宋词《锦香囊》不谋而合,且趁而今青春好,睡足荼蘼梦亦香。

听一段是不够的,最好从头至尾,将《锁麟囊》听个彻彻底底、明明白白,看薛湘灵如何何处悲声破寂寥,如何收了余恨免娇嗔。

睡袖无端几折香,有人丹脸可占霜,半窗月印梅犹瘦,一律瓶笙夜正长,情艳艳,酒狂狂,小屏谁与画鸳鸯,解衣恰恨敲金钏,惊起春风傍枕囊。雪小禅说:"唐诗宋词里的怅怅然全体会了,心里的绝望如灰,脸上憔悴得不像样子了,可是,眼里却是闪着金一样的光芒,锦心绣口,说什么全是这个人,三句话离不了他,大概是爱疯了才会这样。"

愿做那个锦心绣口人,于夕阳西下时,杨柳深深处,将如烟往事诗词一般攘入囊中,听那个唱曲之人,把古今风月事,吟作《玉楼春》上春。

我见青山多妩媚

一

"两岸青山相对出,孤帆一片日边来。"多么熟悉的诗句,如今再回味时,竟多出了苍茫的意味。

关于初见,应是在中学的时候。那时候,尚未写文章,甚至连爱好也算不上。那时候只是单纯地学习,学习修辞手法,学习主题思想……甚至连背诵,也是因了课本的要求。

如今再见时,竟如故交般熟识。

是的,故交。

旧友一样。

想起雪小禅。她曾写过这样一段话:"两两相遇,梦里忽忆君,愕然就问:你在这里,到底等了我多久?"是的,这一句诗词,你在偌大的光阴之海里,究竟等了我多久?

如果，如果错过了，那么错过的，也许是一生。顿觉好庆幸。这样的庆幸，是欢喜的，是油然而生的。是落花时节又逢君的一种欣喜，是流水遇高山时，那样的轻柔与绵长。

突然想饮酒。与李白一起。

为什么是李白？

如果不是李白，也就没有这句诗了。真想饮了酒，趁着酒意，溯回大唐盛世中的某一段时光。说是某一段，倒是有些随意了，应是那一段，是了，就是那一段——李白写下"天门中断楚江开，碧水东流至此回"的那一段。在大唐浩渺的烟波里，有一段时光，叫"望天门山"，有一种逸气，叫作谪仙人。

天子呼来不上船，何等的恣意呀。我这一介凡夫，愿卸下烦恼，抛掉诸事，随这绝世中的一朵青莲一起，举杯邀明月，对影成三人。

也许李白跟我一样，早已把对面的青山，当作了知己。所以李白才选择了，与青山对坐，在彼此的眼神的粼粼波光中，把酒凌风，横槊赋诗。一下子欣羡起来。这是青山之幸，亦是青莲之幸，在对的时间遇到正确的人，真是人生之幸啊。

所以面对这磅礴的大江时，李白的身影，甚至是衣袂、须发、呼吸……也跟着磅礴起来。说是磅礴，倒不如说是飘逸，这是一种气场，但绝非与生俱来的，是应了天时、地利、人和，缺了其中的任何一个，这个气场也就没有了。

在江上写字。

心头一下子跳出这段话，整个人也一下子欣喜开来，甚至有些喜欲狂了。多么飘逸的一句话呀，用在这句诗词里，用在李太白身上，恰恰好,正合适。

在水上书写,纵观古今风流人物,唯一可以做到的,也只有李白了。这个谪仙人,这个不羁的男子,真的是传奇啊。举一椽巨笔,挥毫在惊涛裂岸的大江上,彼时,云朵为砚,落日添灯……一切全在这个男子的洒脱之中。

而我,愿做那第三人。

第三个人。

我、李白、青山,三人对坐,笑而不语。

直至李白酒兴方兴、起身挥毫时,我与青山,便做这无言的观众。不说话,静静看,把所见所闻,装帧成记忆,封存于深不见底的脑海之中。一定得深不见底,唯有如此,才能保存最完善,才不容易散如烟。

因了这句诗,竟然引出了无穷的想象,我之幸,我之幸啊。在楚江之畔种下一枚脚印,在激流跌宕中轻呷一盏小酒,人生得意须尽欢,而我最得意的,是在诗词之中,同青莲居士一道,放浪形骸于天地,挥毫泼墨于流年。

二

"青山"这个词,真的好喜欢。

有一种清寂。

这样的清寂,是从一竖一横、一撇一捺中散发出来的。原来,不只是人,就连文字也有自己的气场。尤其中国字。如果有人问我什么文字最美，我的回答，一定是中国字。它的美，早已深入骨髓，早已根深蒂固，甚至早已开枝散叶，我的心头啊，早已蓊郁一片啦。

所以见到"青山"时，再火热的，再躁动的心情，一下子平静下来，一下子冰雪一般，从雪山上融化，突然成了古井水。波澜，因了风的拂过，愈加清凉轻快了。

有一位朋友，姓甘，名青山。

这名字，有一种说不出的妙。

大抵是因了"青山"的气场，所以教人见了，留不下深刻的痕迹，却又久久消散不了。恍如江水上的一叶孤舟，你见或不见，你愿或不愿，它就静静地横在那里，不惊你也不扰你。"甘"字，好微妙的一个字，这个微甜的文字，与"青山"组合在一起，简直是绝配。

仿佛三生缘定的情人，就应该搭配在一起。

所以"甘青山"这名字，从遇见至今，一直在回味。甘青山是一位女子，很精致的一位女子，音容很精致，生活亦精致。与她在一起时，你能感受到的，是一种不一样的人生，那种精而致的人生，是会上瘾的。而我也许无药可救了。

她懂得生活，料理也不错，而更精致的，是诗词。她在《怀旧》中写道："独向溪山寻旧游，那时风物已随秋。不知烟水西村舍，燕子今年宿几楼？"我更喜欢的，是她另一首诗中的一句，她说："暂借东风传我意，来年我亦未归人。"

一种清寂的意味，一下子散发开来。也只有真正经历了人生，懂得了生活，才会发出这样薄凉的慨叹。

这样的日子是透明的，青山的日子，宁静而清透。她想要的，也许正是这样的生活吧。

"青山"这个词是有魔力的，而魔力的根源，在于一个"青"字。青这个颜色，有一种无端的好。雪小禅曾说："所有的颜色中，我最贪恋青，好像贪恋一棵正抽枝的青裳树，白居易的《琵琶行》，我单记得一句：江州司马青衫湿。这青衫，就多了惆怅和伤感，那样生动别致。"

一下子击中心灵。这样的说辞，教人说不出半个"不"字，青这种颜色，给人的感觉，不正是如此吗？浅浅的惆怅过后，清与寂啊，缓缓袭来，冲散心头的那一抹感伤。

面对青色时，我所感受到的，是慈悲。

密宗十五观音中，有一尊观音，名青颈观音。《青颈观自在菩萨心陀罗尼经》中，是这样描写的："如来为彼说此青颈观自在菩萨心真言，天子闻此，获得大悲三摩地，作是愿言，所有一切众生，若有怖畏厄难，闻我名者，皆得离苦解脱，速证无上正等菩提。宁一称观自在菩萨名字号，不称百千诸恒沙如来名。"

传说观音下界降魔，解救苍生，为不使毒药传世害人而吞食，致使颈变为青色。

青一下子沾染了情怀，这样的情怀，是慈悲。

因了这样的情怀，每次见到"青"字时，每次遇到青色时，慈悲往往转化为清寂，教我于这苍茫人世里，因为懂得，所以平静。平静，是最好的良药，能够医治一切心病。平静也是最好的船只，载我在苦海中漂泊，在苦海中寻找彼岸。

三

在《如果坠落时也有星光》中遇见这样一段话:"春日繁花,少年风流,那一日的火光燃尽后,她开始成为最好的自己。"一下子惊了心,也一下子倾了心,好的文字就是这样,给人带来的冲击,也许只需要一刹那。

读到这段话,最先想起的,是他。

辛弃疾。

想起的,不是"醉里挑灯看剑,梦回吹角连营。八百里分麾下炙,五十弦翻塞外声,沙场秋点兵"的他,亦非"山远近,路横斜,青旗沽酒有人家。城中桃李愁风雨,春在溪头荠菜花"的他。

想起的,是想要"了却君王天下事,赢得生前身后名"却"可怜白发生"的他,是"落日楼头,断鸿声里,江南游子。把吴钩看了,栏杆拍遍,无人会,登临意"的他。

这个教人心生怜惜的男子,真的是青山一座,于连绵苍莽的山脉之中,兀自嵯峨,独自嶙峋。

想起他的名句:"我见青山多妩媚,料青山、见我应如是。情与貌,略相似。"是的,连他自己也承认了,他就是一座青山。

青山有一种清寂的气场,辛弃疾也有。

辛弃疾的清寂,是从起伏不定中来的。

火光燃尽后,他成了最好的自己。也许不是最好,也许只是刚刚好,甚至连刚刚好都算不上,但在风云变幻的沙场上拼杀过后,在暗流汹涌的官场起起落落之后,退隐山居,便算是不错的归宿了。

"青山欲共高人语，联翩万马来无数。烟雨却低回，望来终不来。""青山招不来，偃蹇谁怜汝？岁晚太寒生，唤我溪边住。"辛弃疾的青山，清寂中透露出一种悲壮。或者说辛弃疾的清寂，是从悲壮中脱胎而来的，因此辛弃疾的清寂，是对薄凉人间的一种看法，一种态度。

这样的清寂，迥异于李白的。

同样是清寂，却又有所不同。

想起林逋来。他也写青山，但青山的气场，与李白、辛弃疾的，又完全不同。他在《长相思》中写道："吴山青，越山青，两岸青山相送迎，谁知离别情？君泪盈，妾泪盈，罗带同心结未成，江头潮已平。"

多么蕴藉的文字，教人忍不住，忍不住于眼角，流下一抹湿润。也许这首词的格局，并没有李、辛的大，青山的气场也比李、辛的弱很多，但最直抵人心的，便是这首词中涌动的柔软了。

也难怪彭孙遹会在《金粟词话》中如此评价了："林处士妻梅子鹤可称千古高风。乃其《长相思》惜别词云云，何等风致。闲情一赋，讵必卞瑕珠颣耶。"

诗词是没有第一、第二的，不同的时间、不同的地点、不同的心境，对一首诗的体会也会不同。问余何意栖碧山，笑而不答心自闲，在唐风宋雨中浸润了这么久，我常常问自己：是不是应该结庐于诗词之中，寻一处青山坐下，拈几朵白云织梦，撷一粒夕阳种花？

共醉花前玉笛声

一

这样的夜晚是苍凉的。

不说话，只是坐着，身前的曲径绵延至何方不知道，身后的流水流淌到哪里亦不可知。只是坐着，看着，思着，想着，念着，忆着，孤独着，彷徨着……一切与自己无关，一切仿佛存在着，又仿佛什么都没有。

这样的夜晚，只属于失意的人。

是的，只属于，失意的人。

仿佛一朵缄默的野花，春也好，秋也好，晴也罢，雨也罢，全然不顾了。这样挺好。本来无一物，何处惹尘埃，这世界空空如也，心头也该如此。心灵那一方天地呀，不以物喜，不以己悲，一切喜怒哀乐，自己做主就好。

但到底惹了尘埃。

由此，失了意。

于是，现在，此时，当下，把自己流放到一处不知名的地方，在辽阔的苍凉之中，寻找禁锢已久的灵魂。

这个时候，不说话，但是，宜倾听。

听风声。

宋人张道洽曾有句云："疏疏篱落娟娟月，寂寂轩窗淡淡风。"此时的清风，是一位缓缓而来的女子，着一袭素衣，在清寂的庭院之中，起舞弄清影,何似在人间。最好有杨花落下,在清风的轻拂中,随着舞步的起落来来去去。风声是轻柔的,裹挟着草丛间幽微的蟋蟀声,以及飘飘如云的衣袂声。

但此时,置身的地方,没有轩窗,没有篱落。有的,是无边无际的山野,是来去无声的白云。

于是想起另外两句诗。

作者是韩淲。

他说:"远者紫翠近者青,天淡淡兮风泠泠。"天淡淡,风泠泠,那些如烟尘事,全在远近青翠之间,渐渐消散,了无踪迹。

更喜欢后面几句,"人间纷如凡骨腥,我欲飞仙跨云軿,问翁何在游帝庭,寒气倏然惊酒醒"。想起东坡居士的《赤壁赋》,凌虚御风,羽化登仙,这样的场景,真教人倾了心。

也想羽化而去了。成不成仙不关心,唯一关心的是,这一具形骸,是否可以浮云一样,去也去无影,来也来无踪。

就扶着白云而去吧。去那个人们不知道的地方,同千年以前骑鹤的仙人,拟约沧波同倚楼,闲敲棋子落灯花。

想来也是极恣意的。失意的人,喜欢冥想。

"冥想"这词极好,一个"冥"字,诡谲多变。

所以静坐时,自己真的是仙人了,心头这样想,那就是真的。所以在自己冥想的一方世界里,挪山移海,无所不能。简直无所不为。于是上一刻是绛草,下一秒,又成了一块坐空千古的顽石……是非成败转头空,所有的所有,一切的一切,全在弹指一挥间,零落成泥碾作尘。

席慕蓉曾说:"生命也许就是这样吧,无论是欢喜或是悲伤,总值得我们认认真真地走上一趟。我想,生命应该就是这样了。"所以,失意的人也许是幸福的,从失意中体味人生,应是一个不错的方式吧。

二

风声醒了神,于是天朗气清了。

层层阴云被拭去,那岑寂的夜空,镜子一样,倒映出禁锢已久的灵魂。夜空静如水,如一块晶莹剔透的玻璃,但看着有些薄有些脆,仿佛一个不经意的喷嚏,就能够惊碎了似的。

灵魂禁锢了多久没有人知道,也没人留心过,察觉过。

灵魂萎靡于某处,没有雨水的滋润,没有阳光的照拂,迷人的春姑娘啊,早就不曾来过了。

谁是吻醒灵魂的王子?

也许是水声吧!

身后是小溪。蜿蜒的小溪上,翻腾着的,流淌着的,是曲折的光阴。溪边一树垂垂发,朝夕催人自白头,在这里,不问杨柳青青青几许,也不问一树柳丝为谁白。在这里,只宜静坐,或者在对视中,读懂彼此的心事。

此时的柳树,不是柳树,是一位知己。是一位柳姓男子,在经历了人生坎坷、世事沉浮后,陶然世外,隐居于此。

他有着怎样的往事不得而知,但不知又何妨,于此时,在此刻,数一数他的三千柳丝,仿佛在句读与平仄之间,感受他那绵长一生的万千诗意。诗意是什么,是苦尽后微甘的喜悦,是破浪后重获的从容。

细细薰风淡淡阴,过云抛雨上花心。这个恬淡的柳姓男子,也许是五柳先生当年种下的五株柳树中的一株吧,也许得了道,成了仙,化作一方神祇,于此,护佑一草一木的生长。

《西游记》中有这样一个章节,名曰"荆棘岭悟能努力,木仙庵三藏谈诗"。

几株老树成精,施法造了个木仙庵,将三藏法师抬至此后,无意伤害,与三藏叙话谈诗,个中妙趣,好不快哉。

其中有名孤直公者,介绍自己最妙。他道:"我岁今经千岁古,撑天叶茂四时春。香枝郁郁龙蛇状,碎影重重霜雪身。自幼坚刚能耐老,从今正直喜修真。乌栖凤宿非凡辈,落落森森远俗尘。"

感觉他说的,并非他自己,而是眼前的这位柳姓男子。只可惜,一株是大桧树,一株是柳树。

在此吟诗亦是不错的。

与柳树联句。他一句,我一句,如此往复,实乃幸事也。早年读《红楼梦》,艳羡于众人联句。在芦雪庵,在那个寒凉的雪夜,你一言,我一语,即景联句,诗意洒然。

如今,与柳树联句,端的是念想一出,一下子心心念念了。

虽然只是想想,却也知足了。

神交是什么?

这就是神交!

与一株柳树神交,说什么高山流水遇知音,说什么琴瑟和鸣酬知己,神交时不会想这么多,只会一心一意地感受着,体会着,享受着,倾心着,简简单单,如此而已。

可惜了结局。

《西游记》中，当行者道出了几株老树的身份，八戒闻言，不论好歹，一顿钉钯，三五长嘴，连拱带筑，把两颗腊梅、丹桂、老杏、枫杨俱挥倒在地，果然那根下俱鲜血淋漓。三藏近前扯住道："悟能，不可伤了他！他虽成了气候，却不曾伤我，我等找路去罢。"行者道："师父不可惜他，恐日后成了大怪，害人不浅也。"那呆子索性一顿钯，将松、柏、桧、竹一齐皆筑倒，却才请师父上马，顺大路一齐西行。

唏嘘不已。

真的唏嘘不已。

几株老树修行千年，或许早生禅心，不料一番谈玄论道后，竟遭此劫难，实在可惜啊。也是命该此劫吧，尽管一切尽由杏仙引起，但到底怪罪不起来。

所幸，我不是唐三藏，亦没有孙行者、猪八戒这样的弟子。与柳树，不，是柳姓男子，是柳仙，与他一起，看烟峦之叠叠，念天地之悠悠，独开石室松门里，月照前山空水声。

如此，幸甚！

三

愁听千家流水声，相思独向月中行。

水声清幽，涤人心尘。

苍凉的人间在水声中轻柔起来。水声如一位女子的纤手，非是在夜里破了新橙，而是在苍白的夜色之中，轻抚出一道似火的羞红。

水声清了心,但到底没能救出久困的灵魂。

灵魂有多重?有人说,21克。

21克的灵魂,烟一般,风一样,纸似的,仿佛轻轻一举,便可轻而易举地举起来了。而事实并非如此。就如天边的月亮,看着那么近,却怎么也触摸不到。

在水边,听风声,聆水声,一切声音入耳,洗涤蒙尘的心灵。但是灵魂,依旧无动于衷。

直至一道声音轻轻划过,我才感受到了久违的悸动。

是的,悸动。

灵魂的悸动。

仿佛破土欲出的春草。

又如含苞欲放的花蕾。

这一刻,灵魂终于有了反应。灵魂欢喜着,雀跃着,灵魂仿佛迎来了春天,从牢笼中走了出来,在只属于自己的国度,盛放一瓣一瓣桃花,然后一瓣一瓣数,再一瓣一瓣数……桃花的殷红有了不胜柔情的娇羞,而灵魂,于一阵欢欣后,在嫣然的花房里深居简出。

是笛声!

这施了魔法的声音,终于打开了另一道魔法的大门。

李太白曾云:"此夜曲中闻折柳,何人不起故园情。"杨万里亦云:"月明未许人早睡,笛声解与秋争清。"苏东坡又云:"归来笛声满山谷,明月正照金叵罗。"幽渺的笛声,悠扬于月明云深的夜晚,教清夜更清寂,更苍凉亦更辽远。

耳畔仿佛传来了许志安的一首歌:

葬花笛

又是破晓后鸡啼

又是秋末花落泥

又是纷纷细雨遇见了你

又是灯火在摇曳

又是黄昏了几许

又是我在想你

风在朔溪 随风撩拨横笛

你心起了涟漪又跟几华里

我葬花祭如埋誓语

今生你是我结发的妻

悬崖边的菊

我葬花祭 如埋誓语

一切绿起只为爱上你

……

静坐，闭目。

清心，凝神。

一声，两声，三声，四声……雪小禅说："养几个扬州瘦马，读唐诗宋词，临摹魏碑汉帖，身边有那可思可想的卿卿……再有这笛声里的杏花春雨。"真是恣意极了。于此时，管什么天荒地老，想什么今夕何夕，料峭的清风，全在也无风雨也无晴的光阴里，开作了并蒂的莲花。

笛声中有大世界，是一方仙境，是一处桃源。

在笛声中寻一段缘。

如果可以，便做个武陵人，哪怕是个不识字者，却也是极好。当然，最好识字。沿着溪水走，走进笛声中，其中有屋舍良田，有茂林修竹。最美的结局当然是，遇一人白首，择一地而居，每天看着她"当窗理云鬓，对镜贴花黄"，然后自个儿"晨兴理荒秽，带月荷锄归"，想来也是惬意的。

夜静孤村闻笛声，溪头月落欲三更，不须吹彻阳关曲，中有征人万里情。失意只是一时，在风声中宁神，在水声中清心，在笛声中寻到蕴藉，世间所有声音都是临水的莲花，盈盈一握间，予人洁净无私的柔情。

而笛声最是幽渺。

禁锢已久的灵魂呀，同所有声音一道，飞向比远方更远的地方。

弹棋夜半灯花落

一

在夜里，一个人，与雪小禅的文字相逢，仿佛是遇见了一场金风与玉露，那么的恬静，那么的自然。

走在雪小禅的文字上，遇见花草，侍弄春阴，蝶去蝶来风拂柳，云高云低两茫然。遇见一个人,不一定认识,但似曾相识,这样的感觉,实在是微妙,不说话,只对视,或结伴而行,于那三两桃花侧,寻找自己的来世与前生。

这个人是雪小禅吗?也是,也不是。

迷恋雪小禅,所以在文字的流水高山里,每一个笔画,都生动如其人。印象中的雪小禅,应该着一袭旗袍,于那清静的角落里,与那些旧物交谈。当然是旧物,比如多年前的胭脂盒,胭脂没有了,但盒子还在,盒子从来没有空过,盒子里装满了,年少时的花落与花开。

印象中的雪小禅,当然戴着眼镜,那样的恬美,那么的风雅。雪小禅自带着一种气场,是文人式的,只有她自己才有的气场,教人单是见着背影,就知道是她。

雪小禅说:"喜欢一个人,浅浅地喜欢是最美,不需要告诉他,有时,只是欣赏,还不到爱,喜欢听他的声音,看他的微笑,他颈间小小的痣,还半遮半掩,还欲说还休,还是春天里的二月,还藏着要吐蕊的花苞,这浅浅地喜欢,如饮清茶,淡然而落寂,挑落灯花,满心禅意,是银碗里盛雪的素清,却又听着隔水的云箫,分外的缠绵。"

见过雪小禅,静静地一旁观望。不说话,也不上前去,就远远的,远远的望着,挺好。也没找她签字,在她新书的扉页,只是自己写了几个字,字迹潦草,但其中的心意,只有自己懂得。这几个字,雪小禅也喜欢,她在文章中写过好几次,"赏心只有三两枝。"

赏心只有三两枝,她是独一无二的一枝。

在夜里,一个人。遇见雪小禅,在她的文字里。想起一句话,一下子内心薄凉:"灯花微凉,心有千千结。"在我看来,雪小禅,就是,那灯花。在风中独自薄凉。

当然只是臆想。凭着自己的感觉，把一朵花、一棵树、一片云或者一个人，定义为自以为如此的样子，这样的定义是片面的，但是没什么不好，这样的片面，让一个陌生又熟悉的人鲜活起来，实在是生活的一种大美。

心有千千结，我想是的，若无千千结，她又怎会写出那些雅致的文字。雪小禅是个绣口锦心的人，平凡的风物在她笔下开出花来，那花，是人间的，却比人间的还要美好。

窗侧，独坐。偶然一瞥，见灯花风中摇曳，一下子悲喜莫名，人生不就是一朵灯花吗，风中或是雨中，阴天或是晴天，灯花依旧，独自薄凉。

有一首小诗，很是喜欢。"红深谁种，枝袅忽萌／兰膏生泪时／一朵炫烂的花开／在长夜／在书边／在冷落窗前／在溶溶月下／对有缘人／绽放"，不知作者是谁，但知道写的是灯花，那便足够了。也许会有三两灯花，在更深人静时，飘入你的梦中，做你最赏心的那几朵——与你闲话，伴你入眠。

你会爱上它吗？

二

一朵灯花在风中，摇摇曳曳许多时。

那灯花，是雪小禅，更是朱淑真。

朱淑真，这个薄凉的女子，实在是大宋时光里避不开的一场风华，这绝代的风华,惊艳了诗词,也惊艳了人间。

但惊艳之余,更多的,是怜惜。

读她的文字,时而欢欣,时而失落,时而晴空万里,时而阴雨绵绵。走在文字的台阶上,只是偶尔的相遇,便生生擦出了明艳的火花,我从来没有见过,会有一个诗人,竟将自己的集子,取名为"断肠"。

明代大画家沈周在《石田集·题朱淑真画竹》中说:"绣阁新编写断肠,更分残墨写潇湘。"这个断肠的女子,在墨迹斑驳的光阴里,等待着谁的回应?谁能架着七彩云霞而来,给她,一段圆满的爱情?

似乎她也觉得自己是朵灯花,于是,在《断肠诗集》里,我遇见了这样一段文字。

灯花

宋·朱淑真

兰釭和气散氤氲,忽作元珠吐穗新。
膏脉破芽非藉手,敷芳成艳不关春。
疑猜海角天涯事,搅乱衾寒枕冷人。
我欲生怜心焰上,何妨好客致清贫。

在那清贫岁月里,怜惜自己的,怕是也只有自己了。于是,这个断肠的女子,在与灯花的对视中,找寻彼此的快乐与忧伤。

心有千千结,开作灯花灿。在这个兰气氤氲的夜晚,热闹从来就不属于自己,哪怕是元珠吐穗,流淌一地的灯光暧昧得一塌糊涂,可是又如何?到底是一个人呀,孤芳无人赏,只能自己思着想着嗅着看着,所有芳华如梦，却与春天无关。

春天在哪里？春天在海角，在天涯，在滚滚红尘深处，而那个失意的人，却猛然发现，自己不在红尘之中。早早地把自己隔离开了，在这片狭小的世界里，来兮归去的人，只能是自己。

愈发怜惜朱淑真了。

她的断肠，我能懂的。

一床的落寞，与枕上的孤独交织在一起，催生了《断肠诗集》，也尘封了一册薄薄的《断肠词》。薄，是集子的薄，亦是人生的薄，这样的薄，教人见了，忍不住心伤。

如果所有爱情都可以很美好那该多好，我宁愿见不到朱淑真的文字，只要她安好，那么我愿意。但如果只能是如果，修成正果的爱情，到底是不多见的。朱淑真不能避免，朱茵亦不能。

在某档综艺节目里，朱茵再次演绎了一场爱情，是《大话西游》中的爱情，更是自己的爱情。时隔二十三年之后，这个断肠过的女子，终于与那个深深爱过的男子吻上了，尽管，这个至尊宝，已不是从前的周星星。

一直觉得这个桥段是残忍的，爱情早就破碎了，再上演一次，不是更心伤吗？旋即又释然，也许朱茵真的放下了，不然，又如何敢于直面呢。早些年，朱茵曾说过这样一段话："我用三年原谅自己，用二十年原谅周星驰，今日嫁得良人，要谢你当年不娶之恩。"如今，朱茵说："我真的衷心地说，无论你碰到的那段爱怎么样，你还是要对得住自己，狠狠地爱一次，跌到满身都是血，骨头都碎了，没关系，因为，置之死地而后生。"

节目中，主持人问："很多女生都会把《大话西游》里那句台词当作人生可能会听到的最为感动的一句话，对你说'爱就是一万年'，生活当中你听到过比这话更能打动你的言语吗？"朱茵沉默了一下，说："我老公跟我说，是我教会他爱的，你必须要先爱你自己，才能给别人爱，所以，如果在你前面的那个人，你看不见爱情的话，那就走吧，跟你自己说，前面还有很多的等着你，更好的。"

朱茵是幸运的，至少，伤过了之后，遇见了良人。可是朱淑真，却在那个封建的时代里，零落成泥碾作尘，只有香如故了。

如果朱淑真来到今天这个时代，结局也许会不一样吧，但也只是如果而已。

三

"夜长酒阑灯花长，灯花落地复落床。似我别泪三四行，滴君满坐之衣裳。与君别后泪痕在，年年著衣心莫改。"元稹笔下的灯花，大抵是朱淑真的影子了，这样的心境，教人如何不断肠。

观灯花，不同的心境，往往生出不同的气象。

还记得有约不来过夜半的赵师秀吗，那个在黄梅时节听雨听风的人，在一片蛙声中，闲敲棋子落灯花。也许有些嗔怨吧，一举手一投足间，满是急躁与郁闷。也许心静如水亦未可知，闲敲着棋子，想象友人风尘仆仆赶来的画面，不由得一阵哑笑。蝴蝶不来，花自清香，内心丰盈的人，每一个日子，都如桃花一样绽放。

有一个句子颇值得玩味，岑参在《与独孤渐道别长句，兼呈严八侍御》中写道:"高斋清昼卷帷幕,纱帽接䍦慵不著。中酒朝眠日色高,弹棋夜半灯花落。"与闲敲棋子落灯花不同,弹棋夜半灯花落中充盈的,是一种惺惺相惜与难舍难分的君子之情,是一种浩然气,遇上了千里快哉风。

一朵灯花就是一个人,是男子也好,女子也好,文人也好,百姓也好,读懂了灯花的心事,那么,你就读懂了你自己。

想起一个人来。文徵明,这个腹有诗书气自华的书生,在《自书诗卷》中,留下了自己的风骨与猖狂。

《自书诗卷》收录了文徵明的三首诗作,分别是《灯花》《鸡声》和《蛙声》。这一卷书法作品注入了文徵明太多的心事,随着心态的变化,笔法的变化也变得波诡云谲起来,尤其在《灯花》一卷中,更能见出文徵明的心态。

心憎积雨何当霁,事卜明朝喜可知,也许《自书诗卷》就是文徵明的一生,意气澎湃也好,沉静内敛也好,那只是其中的某个片段,在片羽吉光之后,未知的时光,才是人们所向往的。

而我更喜欢的,是充满禅意的。

过早识遍了人间,早已不以物喜不以己悲了,于是在我眼里,更多时候,灯花就是一朵禅花。花中有清寂无数,教我更好地领会什么才是人间有味是清欢。

如果可以,梦回宋朝,在一个清寂的夜晚,挑灯月下,临摹字帖,或寻来一册小书,看一眼身前风物,再看一眼册上文字,所有清风明月,并作南楼一味凉。如此清灵,如此入骨。

读的当然是《传灯录》,最好在曹溪,这个不知名的小地方,因了某个人来过，从此有了诗意与气节。来人姓苏，字号东坡，是了，就是宋朝一代大文豪苏东坡。但是，彼时彼刻，他不是文豪，亦非官宦，他只是个书生，只是一介闲人，在那百无聊赖的夜晚，捧书夜读。

这样的东坡居士才是我认识的东坡居士。

曹溪夜观《传灯录》，灯花落一僧字上，口占

宋·苏轼

山堂夜岑寂，灯下看《传灯》。

不觉灯花落，茶毗一个僧。

《传灯录》这本书是透着禅意的，不仅因为与佛有关，更因为这个名字，本身就很禅意。早年喜听台湾歌手黄安的作品，他有一首歌唤《传灯》，其中这样写道："黑暗中的一个人，谁来燃起一盏灯，洗我前尘，快我平生。"传来的是心灯吧，照亮一个人的黑暗，哪怕只是一个小小的角落，便也觉得欢喜。

不觉灯花落，茶毗一个僧——光阴如雪，亦如灯花，被风轻轻拂过，落了一册书香。如果梦回宋朝，一定来到这个夜晚，与东坡烹茶煮酒，闲话春去秋来。不用剃度，就带发修行吧，在那青灯之下，一人闲敲木鱼，一人闲念心经，整个山堂清净如庵堂，就那么几个人，守着清贫的岁月。

今夕知何夕，花然锦帐中，自能当雪暖，哪肯待春红。与一束灯花对坐，也许从灯花深处，会走出一个人来。她回眸一笑，翩然似雪，心上千千结，被春风一一解开，然后她如春燕，来来复去去，惊动枝上蝶。

她就是，朱淑真。

在夜里，一个人。

在窗前闲坐，听点什么呢？就听《夜来灯花结双蕊》吧，"夜来灯花结双蕊，清早喜鹊报喜来，爹爹做主将终身配，一副对联为聘媒。含羞且把对联看，果然是字字珠玑有大才，我今与他婚来配，好比那牡丹倚松栽"，在一段黄梅戏的唱词里，寻找属于自己的那朵灯花。

第二卷

枕上琴·半衾轻梦浓如酒

半衾轻梦浓如酒

一

只觉得轻柔。

这样的文字,如薄荷糖一般,只是轻轻含上,便觉得清新无比。仿佛于一个午后,不,是雨后才对,摇着橹,吟着歌,不知不觉间,误入了藕花深处。

袭来的,是荷风。在怡人的幽芬里,闭目,凝神,耳朵是此时的眼睛,时不时的,寻一寻漾起的水波,望一望叶底的青烟。这样的光阴,实在是雅致,是煮茗时轻咂的清秋,亦是泼墨时不经意的一个回眸。

我说的,是"衾"字。

有人说,汉字是无言的诗,无形的舞,无图的画,无声的乐。白落梅也说:"有些字,看似简单无奇,却蕴藏内敛的灵魂。"是的,这就是汉字。这就是汉字的魅力。

所以见到"衾"字时,一下子心心念念起来。

是欣羡古人的。

古人的雅,雅在骨子里。我说的,当然是文人。古代的文人,自带着一种天然的气场,那样的气象,足教人一生受用。

《诗经》的《葛生》中,有这样一句:"角枕粲兮,锦衾烂兮。予美亡此,谁与独旦。"一下子窒息了。这样的句子是有毒的,同时也是致命的,我一下子中了毒,窒了息,无可救药了。

初见"衾"字时,当然不认识,只是见了面,然后成陌路。后来中了蛊,是了,中了诗词的蛊,从此多了一双慧眼,看见了太多的美。

于是,再见"衾"字时,"衾"字一下子嫣然开来,盛放出属于自己的花朵。惊诧之余,更是倾心,于是痴醉起来,仿佛自己是那从桃红柳绿间飞来的蝴蝶,不知不觉地,飞入花房,栖居其中。灵魂仿佛沾染了花粉,那样的感觉,实在是美妙。

衾是被子。

将被子叫作"衾",这样的名字,单是唤一声,骨子也酥了。

友人写过"旧情多少成新泪,梦醒无端湿客衾"的句子,红楼梦中,对薛宝钗闺房的描写是这样的:"雪洞一般,一色玩器全无,案上只有一个土定瓶中供着数枝菊花,并两部书,茶奁茶杯而已。床上只吊着青纱帐幔,衾褥也十分朴素。"锦衾再朴素,也因了"衾"字内蕴的风骨,而变得柔软起来。

有一种酒最妙。

是在一个古风故事中遇见的。

是一个少年酿的,为了一位女子。我知道,为的是,他的心上人。

女子问:"这酒叫什么?"他只是浅笑:"佛曰,不可说。"他笑起来的时候,她仿佛闻到了花香。

再之后,已是人间四月天。少年拾了些桃花回来,揉入酒中,彼时,整座山早已绿色盎然了。约在桃花林,女子接了酒,轻轻一嗅后,问:"除了桃花,还加了些什么?"他背过身去,悠然说了一句:

"红豆。"

"红豆生南国,春来发几枝,愿君多采撷,此物最相思。"女子将包装精致的盒子递给少年。"一转就天热了,给你缝了新褂子。"女子的娇羞媚态,将和熙柔软的春光比了下去。

少年伸手将人和物件都揽在怀中,"你不是一直想知道这酒的名字吗?"

"嗯!"

"醉锦衾。"

二

这名字,是真好。

醉锦衾,醉了的,是时光。一个翩翩俊少年,在一个女子的柔情里,醉了一千次一万次。醉在回眸一笑百媚生的巧笑倩兮中,醉在此时无声胜有声的美目盼兮中,一醉千年,一梦千年,林静春深睡起迟,少年人赴看花时。

那女子,名锦衾。

一下子击中内心深处的柔软,原来,酒名的来由,竟有这般深意。是深意吗?也是也不是。一眼就看出来了,只是其中的柔情,实在深如海,且璨若星辰。

想起莫循来。电视剧《风中奇缘》中,胡歌扮演的莫循,实在教人怜惜。这样的男子,是商人中的一股清流。是儒商。温文尔雅,百转柔肠。是一泓清泉,不,是冰水,在自己的世界中,如此圣洁,那般无瑕。

倾心于梓月，梓月，亦倾心于他。只是，身有残疾的莫循，终因心有千千结，且是死结，解不开了，于是，负了佳人。这样的男子，真教人心疼。尤其是胡歌饰演的，他演绎的，是他自己吧？曾经遭遇车祸的他，与薛佳凝最终分手的他，心中的伤口是否被时间抚平没有人知道，唯一知道的是，他在鬼门关走了一遭，如今，他又复活了。

故事中的少年是幸福的，至少有情人终成了眷属，如此便足够了。

明代诗人唐伯虎曾有《梦仙图》一诗。诗云："池塘春涨碧溶溶，醉卧香尘浅草中。一梦熟时鸥作伴，锦衾何必抱轻红。"因了这诗，"醉锦衾"这名字，从缠绵悱恻中跳脱出来，有了别样的气象。

有了仙气。

这样的仙气，是放浪不羁的。

是周星驰电影中的无厘头，更是唐伯虎诗画中的孤傲与猖狂。"桃花仙人种桃树，又摘桃花换酒钱。酒醒只在花前坐，酒醉还来花下眠。半醉半醒日复日，花落花开年复年……"花下眠时，唐伯虎以花为锦衾，眠于香气中，从此年复年。

只是，如唐伯虎这般的，毕竟是少数。

太锋芒毕露了，太惊天动地了，往往教人印象深刻，却给人一种朦胧的距离。是了，是朦胧。想要靠近一些，明明就在彼岸，却怎么也抵达不了，中间隔了一层说不清道不明的朦胧。仿佛周敦颐笔下的莲花，出淤泥而不染，濯清涟而不妖，中通外直，不蔓不枝，香远益清，亭亭静植，可远观而不可亵玩。

于是，偏爱的，是另外一阕小令。

踏莎行·元夕

宋·毛滂

拨雪寻春,烧灯续昼,暗香院落梅开后。

无端夜色欲遮春,天教月上宫桥柳。

花市无尘,朱门如绣,娇云瑞雾笼星斗。

沉香火冷小妆残,半衾轻梦浓如酒。

三

这样的文字,是小欢喜。

雪小禅曾说:"我的一些小物件,是我的小欢喜。"她说:"总是辜负着那些好时光——少年时,一个人穿行于故乡的老城墙之上,听着风吹过耳际,早春的风吹着我单薄的衣衫……我沉溺于爱情的耽美时光,总是一问再问,或暮色时分,走在向晚的黄昏里,看到自己的影子又瘦又长,时光让我打磨得厚了,时光也让我消耗得瘦出了极美的光阴纹络……我总是在好时光里箭步如飞,一切没有来得及,我已经放了手……还好有这些小物件,伴我度光阴。"

于我而言,伴我度光阴的小欢喜,是诗词。

尤其是,那些有温度、动人心的,诗与词。

初见这首《踏莎行》时,只觉得清新。这样的文字,不是寒玉,亦非烈焰,是一泓清水,是一缕柔风,是一朵吹弹可破的闲云,抑或一朵枝头抱香的桃花。

于是见到时,似乎内心漾起了微澜,再回首细思时,却又什么都没有。像擦肩而过的春风,明明来过了,却又悄无声息地游走了。按理说,这样的文字,读过也就这样了,但回头再读时,却又有一些微妙的波澜于心头漾起。

不得不承认,有些东西啊,是需要再三品味的。

引人回味的,不一定在初见时,就能刹那间,擦出夺目的火花。红花与绿叶之间,红花一定是主角吗?我想不一定吧。

写的是元夕,也就是元宵节。关于这个节日,印象中最深的,非《青玉案》莫属。其中的名句,相信人们早已耳熟能详了,我写文章时,也是时常引用到。

青玉案·元夕

宋·辛弃疾

东风夜放花千树,更吹落、星如雨。

宝马雕车香满路。

凤箫声动,玉壶光转,一夜鱼龙舞。

蛾儿雪柳黄金缕,笑语盈盈暗香去。

众里寻他千百度。

蓦然回首,那人却在,灯火阑珊处。

喜欢这阕词。蓦然回首却发现,我更偏爱于《踏莎行》。《踏莎行》是小欢喜，是路边的一朵小野花，只要你愿意，便可以任君多采撷。

而《青玉案》，是繁华落尽后的烟花，这样的文字是薄凉的，沾了烟火味了，有一点惊心。待心平静下来了，也就无悲无喜宠辱不惊了。这样不是不好，只是在此时，在此刻，于元夕这一天，需要一个个小欢喜，来铺垫漫长的人生。

腊梅开后，白雪残存，燃灯续昼，拨雪寻春，单是想想这场面，已是深深陶醉了。

走在《踏莎行》的曲径上，见到的，是月上柳梢头，是瑞雾笼星斗……徐徐缓缓走到了花市，香气袭人久，缁衣不染尘。雅意星星点点地散漫开来，不突兀，不惊心，慢慢润了骨，浸了心，于这静美佳节里，实在是一场灵魂的礼遇。

喜欢最后一句。

毛滂说："沉香火冷小妆残，半衾轻梦浓如酒。"

化用的，是白居易的《问刘十九》吧？"绿蚁新醅酒，红泥小火炉。晚来天欲雪，能饮一杯无。"好的作品就是如此，教人在阅读的过程中想到另一些作品，从而内容更丰满了。

沉香烟消，炉火映红，一句"半衾轻梦浓如酒"，教人于《踏莎行》的平仄之间，醒也不是，醉也不是。

"半衾"是多少？"轻梦"有多轻？中国的文化最是妙了，尤其是诗词，不需要说得那么明白，只要意会了，那就可以了。尤其是带着酒气的诗句，就当是醉后的言语吧，迷迷糊糊的，不需要细究那么多。

怜君冰玉清迥之明心，情不极兮意已深，朝共琅玕之绮食，夜同鸳鸯之锦衾。在元夕这一天，以《青玉案》为枕，以《踏莎行》为衾，于这茫茫人世中一梦千年吧，寻千年前那个初遇的知己，结千年后一段美好的情缘。

唯愿花心似我心

一

拥有一颗花心，是一种怎样的体验？

这个问题很有趣，却也很诱人，想要一探究竟的人，想必不少了。比如我，早已蠢蠢欲动了，事实上，当见到这句话或者说见到这个词的时候，无可避免的，已然心心念念了。

花心，很精致的一个词语，说是一粒星辰也不为过，自个儿挂在夜空上，很小很小的一颗，也不粲然，也不虚张声势，但就是那么夺目，那么让人着迷。

拥有花心的人，想必人生应是也无风雨也无晴的样子，也许是个不识字烟波钓叟，也许是个脱俗的书生，结庐在深山，鹤妻梅子，柳梦竹帘。所以我认为，林逋是一个花心萌动的男子，爱梅爱到了他的那个境界，便觉得梅如其人，其人如梅了。

林逋，梅一样的男子，想起他，首先想到的，自然是"疏影横斜水清浅，暗香浮动月黄昏"，细腻入微的描写，若非与梅生活在一起，哪里会有如此深刻的体味。

我知道，他早早的，生了花心。

一颗花心，让他放下浮名，放下仕途。这很任性，无论放在古代或是现代，都是很任性的举动，而他做到了，并且从未后悔过。

也想生出一颗花心。

平素侍弄花草久矣，一颗花心，应有端倪了吧？

寻一片花海坐下。

静坐，顾盼。

一定得是顾盼，不能是张望，更不能是注视。一定得顾盼，唯有顾盼才能见到花海潜藏的漩涡。那漩涡就是花心，就是花海之心，其中的香气与意象，是迥异于其他的。

有那么一句诗，"飞红万点愁如海"。

从小就迷恋。

怎么那么灼烈，仿佛一团火，一下子燃烧起来，所有的所有，一切的一切，都成了灰烬。

怎么可以这样，这可是愁闷啊，这么的热烈，这么的澎湃，全然不似悲伤的样子。但就是这样子，如此掷地有声，并且明目张胆。

千秋岁

宋·秦观

水边沙外，城郭春寒退。

花影乱，莺声碎。

飘零疏酒盏，离别宽衣带。

人不见，碧云暮合空相对。

忆昔西池会，鹓鹭同飞盖。
携手处，今谁在。
日边清梦断，镜里朱颜改。
春去也，飞红万点愁如海。

作者叫秦观，熟读宋词的人，对他应该不会陌生。秦观最脍炙人口的句子，应该是"金风玉露一相逢，便胜却人间无数"和"此情若是久长时，又岂在朝朝暮暮"了，而我最喜欢的，却是这句"飞红万点愁如海"。

那么的霸道，就是那么愁怎么了，这是我的事，就像暗恋这种事一样，一个人的爱情，我就愿意了，毫无理由的。哪怕后来读了"山抹微云"，还是爱，依旧爱，不能自拔的，独爱这一句。

飞红万点愁如海——在这茫茫花海里，愁是花亦是蝴蝶，飞来了飞去了，铺天盖地的。我静静地观望着，顾盼着，用心感受着，每一分每一秒，都是那么的动人。

曾写过一首词，有《千秋岁》的影子。

卜算子·黄昏

也许在黄昏，遇见当年你。
也许当年情太深，我住相思里。

也许在黄昏，把个门儿倚。

也许门儿轻掩时,花亦愁如蚁。

花如蚂蚁一般,那么多,渐行渐远,终无痕迹。这不正是"春去也,飞红万点愁如海"的样子吗?也许秦观见了,会说出那么一句话:嘿,兄弟,还是你懂我。

一句你懂我,那便足够了。

二

恍恍惚惚间,遇见一个人。

那人缓缓走来,步步生香。

我见了,心醉了。只见她樱口微张,细声唱道:"虽则俺改名换字,俏魂儿未卜先知。定佳期盼煞蟾宫桂,柳梦梅不卖查梨。还则怕嫦娥妒色花颊气,等的俺梅子酸心柳皱眉,浑如醉。无萤凿遍了邻家壁,甚东墙不许人窥!有一日春光暗度黄金柳,雪意冲开了白玉梅。那时节走马在、章台内,丝儿翠、笼定个、百花魁。"

端的是好听。

我知道她是谁了,不用问,也知道她的芳名——杜丽娘。

从《牡丹亭》中走来。

从《游园惊梦》中走来。

这个叛逆的女子,彼时在爱情的花园里,采摘妖娆的花朵。沾了一身芬芳也不顾了,只想与柳生一起,吃茶守月,也是极欢欣的事情。

总觉得杜丽娘也有花心。

她是《牡丹亭》的主角，牡丹亭这名字，与花有着千丝万缕的联系。

也许汤显祖早就设定好了，杜丽娘——一个花心的女子。

《牡丹亭》中，有这样一段对话。

"姐姐，和你那答儿讲话去。"

"哪里去？"

"那，转过这芍药栏前，紧靠着湖山石边。"

这话儿花气袭人得很，"转过这芍药栏前"，一下子觉得惊艳。忽忆起《扬州慢》，词的最后，"二十四桥仍在，波心荡、冷月无声。念桥边红药，年年知为谁生。"这芍药本身，就有着无限的气象，教人心心念念，不能自己。

杜丽娘说："罢了，这梅树依依可人，我杜丽娘若死后，得葬于此，幸矣……"这般花花草草由人恋，生生死死遂人愿，便酸酸楚楚无人怨。后来，她又说："待打拼香魂一片，月阴雨梅天，守得个梅根相见。"

和林逋一样，迷恋梅花。杜丽娘迷到了极致，便是就连死了，也离不开梅。

于是，生了花心。

这草木之心，让人植物一样，花花草草由人恋，生生死死遂人愿。

经常听《牡丹亭》。

尤其《游园惊梦》那一段。

《醉扶归》是我喜欢的曲子，"你道翠生生出落的裙衫儿茜，艳晶晶花簪八宝钿。可知我一生儿爱好是天然，恰三春好处无人见，不提防沉鱼落雁鸟惊喧,则怕的羞花闭月花愁颤。画廊金粉半零星,池馆苍苔一片青。踏草怕泥新绣袜,惜花疼煞小金铃。不到园林,怎知春色如许?"

不到园林,怎知春色如许?不见春色,又怎能生出花心?拥有花心的人,结局一般都不会差,比如杜丽娘,几经波折后,总算迎来了一个圆满的结局。

三

有一个词牌,就叫《花心动》。

是长调。

是慢词。

最喜欢的一阕,是从《花草粹编》上见到的。作者不详,只标注了个无名氏,但文字是真好,有一股浓烈的情感在其中,让人见了,便忘不了了。

花心动

宋·无名氏

忽睹菱花,这一程、减却风流颜色。

邻姬戏问,愧我为羞,无语低头寥寂。

珠泪纷纷和粉垂,襟袂旧痕乾又湿。

但感起愁怀,堆堆积积。

杜宇催春急。烟笼花柳，粉蝶难寻觅。

紫燕喃喃，黄莺恰恰，对景脂消香泣。

篆烟将尽愁未休，乍得御沟玻璃碧。

教红叶往来，传个消息。

篆烟将尽愁未休，乍得御沟玻璃碧——篆炉中香气如许，似愁非愁，袅袅婷婷。不远处，一条御沟之上，水面如玻璃，翠色如洗，亦如一个人的眸子，清澈的眼神中，有着说不清道不明的迷茫。

御沟这个词，让无名氏的身份呼之欲出，姓甚名谁肯定不知道了，但她的身份，倒是可以看出端倪，尤其《花心动》后面提到了红叶，这更映证了我的猜想。

这位无名氏，应该是个宫女。

红叶题诗的典故，相信很多人都知道。宫女的命运大多是悲剧的，并非如寻常百姓想的那般光鲜。有一首《宫词》是这样写的："金吾持戟护轩檐，天乐传教万姓瞻。楼上美人相倚看，红妆透出水晶帘。"

写得真好，但到底只是诗人表面看到的那样，楼上美人少之又少，大多数宫女，哪有上楼、上宫墙的机会，无非深锁宫廷里，徒有羡外情。

因此红叶传诗成了一个美好的愿望，同时也成了无数宫女情感的寄托。

有一首长诗，与这阕《花心动》十分相似，仿佛孪生姐妹。

长相思

唐·白居易

九月西风兴,月冷露华凝。
思君秋夜长,一夜魂九升。
二月东风来,草拆花心开。
思君春日迟,一日肠九回。
妾住洛桥北,君住洛桥南。
十五即相识,今年二十三。
有如女萝草,生在松之侧。
蔓短枝苦高,萦回上不得。
人言人有愿,愿至天必成。
愿作远方兽,步步比肩行。
愿作深山木,枝枝连理生。

同样写爱情,感情同样浓烈,只是给人的感觉,却完全不一样。如果说《花心动》给人一种凄绝的无望,那么《长相思》,则给人一种明艳的希望。

愿作远方兽,步步比肩行,愿作深山木,枝枝连理生——多么美好的愿望,如果能实现,明天会更好。这样的文字,给人以生的希望,至少有明天可以期待,也就不会心死了。

有一首词也是极喜欢的,"我有一枝花,斟我些儿酒。唯愿花心似我心,岁岁长相守。满满泛金杯,重把花来嗅。不愿花枝在我旁,付与他人手。"以一粒花心入世,纵然雨打风吹去,也闲来芳槛寻春阴。

意满便同春水满,情深还似酒杯深,在这清贫岁月里,唯愿花心似我心,楚烟湘月两沈沈。

笑筵歌席连昏昼

一

柳永写过很多首《少年游》,但能够溯回那段少年时光的,却是这一首七律。

题中峰寺

宋·柳永

攀萝蹑石落崔嵬,千万峰中梵室开。
僧向半空为世界,眼看平地起风雷。
猿偷晓果升松去,竹逗清流入槛来。
旬月经游殊不厌,欲归回首更迟回。

平平仄仄间,似有春风袭来。那料峭春风,捎来花团锦簇,捎来游蜂戏蝶,也捎来了翩翩少年。一个俊朗少年郎,从诗句中缓缓走来,在千峰万壑间,抒自己的情,写自己的意。

这个少年郎,就是柳三变。

这时的柳永,是那么的飘逸,那么的洒脱。将他比作天边的一片白云实在不为过，天地太悠悠，白云任来去。

这样一个少年郎，当然意气风发了。在适合的时间，做适合的事，年轻的柳永，把青春播撒在梦想的土壤里，他相信有一天，一定可以开出花来。

于是，在中峰寺，他提笔写下的第一句诗就是："攀萝蹑石落崔嵬，千万峰中梵室开。"一种浩然气澎湃而来，仿佛胸中可以容纳下近水遥山、天空大地。

攀萝蹑石，不辞辛苦，那万丈崔嵬，不仅仅是一座山的高度，更是一个人生梦想的高度。哪怕攀山越岭也要爬上去，哪怕挥汗如雨也要爬上去……俄国著名作家列夫·托尔斯泰曾说："理想是指路明灯，没有理想，就没有坚定的方向；没有方向，就没有生活。"这个时候的柳永，有梦想，有方向，美美少年郎，此心向远方。

想起一个人来。

是杜甫。

何其的相似呀。

一下子笑出声来。

"恰同学少年，风华正茂；书生意气，挥斥方遒。"毛主席当年写下的诗句，不知道出了多少人的心声。是啊，曾几何时，正意气风发的我，正风华正茂的你，不都是如此吗，因了一个梦想，在梦想的指引中，指点江山，激扬文字，粪土当年万户侯。

柳永如是，杜甫亦如是。

因此一首五律横空出世，震烁千古。

那年，那月，那一天，裘马轻狂的杜甫，登上神奇灵秀的泰山，一番远望后,写下了《望岳》这首诗。

望岳

唐·杜甫

岱宗夫如何,齐鲁青未了。
造化钟神秀,阴阳割昏晓。
荡胸生曾云,决眦入归鸟。
会当凌绝顶,一览众山小。

安得仙人九节杖,拄到玉女洗头盆。一句"齐鲁青未了",仅仅五个字,囊括了齐鲁数千里,正如彼时的杜甫一样,仿佛一眼望去,即可洞悉众山群壑。

天比以前更高了,大地比以前更辽阔了,云朵不在脚下,亦不在头上,云朵在胸前,也许其中几朵,是从胸中飘荡出来的。也许是意气所化,将一个少年的雄心与壮志,带到比远更远的远方。

清代浦起龙认为杜诗"当以是为首",并说"杜子心胸气魄,于斯可观。取为压卷,屹然作镇。"如此高的评价,足见这首诗的魅力了。是什么征服了浦起龙?在我看来,是字里行间洋溢着的那股蓬蓬勃勃的朝气。

这样的朝气,柳永也曾有过。

从《题中峰寺》中洋溢出来,仿佛龙卷风,一下子击中人心,读者的内心世界啊,早已天翻地覆、山摇地动了。这样的朝气,是十里春风,绿了江南两岸,更绿了所有人的青丝。发也许早已如雪,但心头依旧春暖花开。

二

同样少年意气，同样青春正好，两人碰到一起，会擦出怎样的火花？

也许趣味相投，不，不是也许，是肯定，是必然。两人如果相识，也许会相知，也许成为挚友，在悠悠的天地间，举杯邀明月，弹琴复长啸。

也许杜甫会唤来李白，三人都做酒中仙，一个舞剑，一个添灯，另外一个，负责起舞助兴。管什么良夜何其，管什么今夕何夕，饮尽杯中酒，从此醉复眠。

诗词唱和是少不了的。此人一首，那人一首，此人一阕，那人一阕……你写你的诗，我写我的词，彼此在绣口锦心的珠玑字句间，结下一段美好的传说。

当然，也只能是想想。

但也足够了。

也知足了。

这样的浪漫，大抵只有酸溜溜的文人才能想出来吧！有时候时空如浮云，你认为可以，那么就可以。

杜甫与柳永，一样的少年郎，甚至连结局，都有那么几分相似。如果同在一个时代，成为知己亦未可知。

那时的柳永，心中有一团火在燃烧，燃烧自己也燃烧文字。也许那时候,他只是想寻一个清静之地,认真地思考一下自己的人生。也许只是单纯地放松自己,不经意间,游玩到了中峰寺。

中峰寺,这个清寂之所,几杵钟声入耳,可以濯洗心灵;数卷贝叶盈香,可以宁神静性。

到了这样一个地方,理应别无他念,放下执念,立地成佛。但是他没有。柳永并没有。柳永说:"僧向半空为世界,眼看平地起风雷。"

在这样一个梵音袅绕的世界,他居然眼看平地起风雷。

怎么可以平地起风雷?

但就是起风雷了,而且是平地起风雷!

到底是执念太深啊,放不下,真的,放不下。

毕竟太年轻,有些事情,唯有经历了风波,才能看得透彻,看得明白。尤其是柳永,从小生长在那样的环境中,一切美好都在他的身边演绎,在他的眼里,只剩下美好。

柳永生于仕宦之家,他所处的时代正是"承平"时代,所谓"承平",意即"持续相承的太平盛世"。宋代诗人周密曾有词云,"犹想乌丝醉墨,惊俊语、香红围绕。闲自笑,与君共是,承平年少。"这样的时代,最是滋心润骨了。

柳永有一阕词,名为《看花回》,正是那个时代的写照。

看花回·玉城金阶舞舜干

宋·柳永

玉城金阶舞舜干,朝野多欢。

九衢三市风光丽,正万家、急管繁弦。

凤楼临绮陌，嘉气非烟。

雅俗熙熙物态妍，忍负芳年。
笑筵歌席连昏昼，任旗亭、斗酒十千。
赏心何处好，惟有尊前。

享乐之风，遍及朝野。在这样的风气下，一派歌舞升平的景象，为年少即富才情的柳永，打下了很好的基础。

柳永早慧，少以才名，尤其精通音律，在当时年轻一代中，可谓春风得意。他是鹤立鸡群的存在，"木秀于林，风必摧之"这样的话，也许他是从不理会的。

"我行我素就好。"也许，他经常对自己这样说。我想也是。

三

曾见到这样一句话："一门七进士，奉旨只填词"，说的，就是柳永。"奉旨填词"暂且不表，先说说"一门七进士"是怎么回事。

先前已说柳永出生于仕宦之家了，其祖父曾为沙县县丞，在州郡颇有威信。其父亲曾在南唐任官，官至工部侍郎，后南唐灭亡，复仕北宋，为景佑年间进士。

柳永的叔叔以及哥哥三接、三复都是进士，甚至柳永的儿子、侄子也是。柳永年过半百了才成为进士，因此有人将柳永一门概括为"一门七进士"，是非常妥帖的。

那个时候的柳永当然没儿子,这是后话,暂且不表,但父亲、叔叔、哥哥都是进士,也足以让他见到官场的"美好"了。因此他以为,这一个梦想,其实很简单,于是,胸有成竹的他,自是意气风发得一发不可收拾。

于是,纵然到了清静地,纵然听了钟与经,他所看到的,所听到的,是平地起风雷。

那风啊,吹得山河晃荡;那雷啊,惊得日月失明。那时候的他,仿佛云上的仙人,可以点石成金,点木成春……于是他才说:"猿偷晓果升松去,竹逗清流入槛来。"

一"偷"一"逗",足见心迹。

拥有这样心迹的男子,实在是迷人。

教人一下子倾了心。

心心念念里,全是那个人——这样的男子,明净如皓月,不曾失意过,不曾失落过,没有过后悔,没经历风波,所有人生如一张精美的宣纸,宣纸的上面,写的是一行行春花秋月,一句句少年锦时。

想起一首歌。

《少年锦时》。

那时候的柳永,是《少年锦时》的前半段。"又回到春末的五月,凌晨的集市人不多,小孩在门前唱着歌,阳光它照暖了溪河",纯净、美好……这样的柳永,仿佛脸蛋能掐出水来的孩子,教人怜惜。怜惜又倾心。

歌曲的后半段中,有这样一句歌词:"陪我入睡的,是月亮的忧愁,和装满幻梦的枕头。"多么的沧桑,总教人心疼……很多人在经历了太多以后，幻梦的枕头，早已空空如也。也只有那时候——那个青春年少的时代，才敢将幻梦装进枕头，夜夜枕着入眠，甚至将幻梦化作意气，在意气风发的年代，肆无忌惮地挥霍。

偷清晨的果子的，未必是猿猴；挑逗溪流的，未必是竹子。那个叫柳永的男子，于那年那月那一天，不知闲愁为何物，内心充实如白云，天地太悠悠，白云任来去。

旬月经游殊不厌，欲归回首更迟回。何止是迟回，哪怕是不回也是极好的，在那个年代，如果错过了某些东西，那就永远地错过了。比如心境。比如时光。

枕上琴闲借客弹

一

落日时分，适宜读书。

正好是三月时节，春天才缓缓归来，一个人，一本书，寻一个角落坐下，实在是一件恣意的事情。

不必太偏远，安静就好。在一个偌大的城市，如果心灵深处还存有一片净土，便是一件幸运的事了，至少车水马龙只是日常，而高山流水才是灵魂的寄托。

有寄托就好。

在周末的时候，舍下一周的疲惫，前五天的时间是用来工作的，剩下的两天，不管怎么说，总该可以自由安排了吧？比如，挥霍。

比如，用来，浪费。

恰如其分的浪费，光阴才是美好的。

雪小禅曾说，光阴是用来浪费的，就连诗人李元胜，也说过类似的话语，甚至诗集的名字，就叫作《我想和你虚度时光》。

我想和你虚度时光

当代·李元胜

我想和你虚度时光，比如低头看鱼

比如把茶杯留在桌子上，离开

浪费它们好看的阴影

我还想连落日一起浪费，比如散步

一直消磨到星光满天

我还要浪费风起的时候

坐在走廊发呆，直到你眼中乌云

全部被吹到窗外

我已经虚度了世界，它经过我

疲倦，又像从未被爱过

但是明天我还要这样，虚度

满目的花草，生活应该像它们一样美好

一样无意义，像被虚度的电影

那些绝望的爱和赴死

为我们带来短暂的沉默

>我想和你互相浪费
>
>一起虚度短的沉默，长的无意义
>
>一起消磨精致而苍老的宇宙
>
>比如靠在栏杆上，低头看水的镜子
>
>直到所有被虚度的事物
>
>在我们身后，长出薄薄的翅膀

"在这人间三月，偷瞥，某一种相逢。是桃花粉粉红红，垂首唾春风。记得那时约定，蝶影，如月色温柔。蝶来蝶去蝶回眸，花与蝶俱羞。"前几日写了这首《荷叶杯》，便觉得无限欢喜。在这人间三月，不妨偷闲学少年，去踏踏春，去赏赏花，与春天来一场也无风雨也无晴的约会，或者谈一场万紫千红总是春的恋爱。

不只是想想。

做了才惊喜。

就这样，在周六，早早的起了床，去一个不远的公园。去了十里河滩，这个地方有一种教人痴迷的味道，沿着河水闲步，衣襟湿了却不自知，只是闲闲地走着，落落与君好。

这时候，人极少。行到一个拐弯的地方，在桥边不远处，有老人闲坐，一杆入水在身前，有说不出的清欢与静好。近了前，也不说话，就这样看着，看水面的斜风倒影，也看老人的云淡风轻。

不知过了多久，把鱼竿拉上来一看，饵食早就没有了，这时候才惊觉，原来鱼钩孤零零地浸在河水中，与那些水草闲谈哩。老人也不生气，就那么微微一笑，然后上了饵，继续钓。我知道很多人钓的不是鱼，而是寂寂的光阴。

继续前行，人络绎多了起来，但一路的草色烟光，兀自安好，丝毫不受人们的影响。这时节花色正好，樱花白如雪，桃花粉似霞，途经一片花林时，走到一株桃树下，对视或者轻嗅，都是一件怡人的事。心旷神怡发生在一刹那，却足以持续一整天。

人更多了。

不觉得喧嚣。热闹有热闹的好，安静有安静的妙，寻了一片空地坐下，空地在一片菜花后面，鲜有人来。坐在石头上冥思，闭目不闭目倒是无所谓，就那么坐着，听一听如雨滴一般落下的鸟鸣，或者嗅一嗅若即若离欲语还休的花香，一整个上午，便这样安静地度过。

当然，不只是冥思。

也看书。

在雪小禅的文字里，遇见一个词。

琴人。

二

雪小禅曾说人书俱老，见到琴人时，琴人也俱老。

单是琴字，便有了一种远意。

这种远，是人生何处不相逢，也是除却巫山不是云。

看了很久的书，遇见琴人时，已是薄暮时分。其间简单地喝了点水，吃了点带来的面包，然后一直看书，从中午看到下午，一点也没有意识到光阴的流逝。直到书上洒满了一层残红的光影，才惊觉夕阳开始西下了。

这并影响不了什么,继续阅读。

读到琴人时,读不下去了,满脑子都是琴人的影子,那么浓烈,那么铺天盖地。于是,合了书,把书放在膝盖上,然后偏着脑袋看落日。

这时候想起一首诗。

"独坐幽篁里,弹琴复长啸。深林人不知,明月来相照。"是了,这时候,良辰好景并非虚设的,唯独缺了的,是古琴。不,是琴声,以及,弹琴的人。

不一定坐在幽篁里,坐在菜花里,也挺好。曾写过"菜花如海挚鲸波"的句子,但现在,早已风平浪静了,每一朵菜花不再是浪花,而是微风轻轻吹起的波纹,那么渐行渐远,那么悄无声息。

也可以坐在花树下,桃花樱花都好。弹琴复长啸——就那么坐着,膝上的书本不再是书本,它是古琴,是有风骨有气节的灵物,在十只手指的点拨下,得了道成了仙,谱出了一曲无人听过的仙乐。

有一部影视叫《六指琴魔》。不疯魔,不成活,多了的一指,是琴人自己的魂灵,它与琴人相伴相守,又相忘于江湖。也许琴人自己都不知道,那第六指并非多余的,而是自己的心灵,自己的执念。琴魔,这名字真惊心,就像诗鬼一样,痴了醉了,便入了魔。魔是一种境界,与仙并无什么二致。

弹了琴,琴声起,一曲终,琴声止。这个癫狂的诗佛,陡然的一声长啸,惊了山鸟不说,仿佛整片竹林,都是王维的声音。

怕是照人的明月,也被他惊了出来。

那啸声是王维内心的野马,在一曲终了之后,终于脱缰,呼啸而来。是踏着琴声而来的。我知道,王维,也知道。

古琴很早就有了。

而我很早就遇见了。

早在《诗经》里就遇见过,而且我发现,古琴在《诗经》里生长得很好,茂茂盛盛的一片,一派生机勃勃。

比如《关雎》中的"参差荇菜,左右采之。窈窕淑女,琴瑟友之。"《车辖》中的"四牡騑騑,六辔如琴。觏尔新昏,以慰我心。"《鹿鸣》中的"我有嘉宾,鼓瑟鼓琴。鼓瑟鼓琴,和乐且湛。"《常棣》中的"妻子好合,如鼓瑟琴。兄弟既翕,和乐且湛。"而我最喜欢的,则是《女曰鸡鸣》这一首。

女曰鸡鸣

女曰鸡鸣,士曰昧旦。
子兴视夜,明星有烂。
将翱将翔,弋凫与雁。

弋言加之,与子宜之。
宜言饮酒,与子偕老。
琴瑟在御,莫不静好。

知子之来之,杂佩以赠之。
知子之顺之,杂佩以问之。
知子之好之,杂佩以报之。

三

因为遇见，所以倾心。《诗经》是一座花园，不，应该是一座花谷，谷中有奇花也有异草，有寻常的也要鲜见的。我常常漫步其中，在《诗经》的巷子深处或者陌上，遇见那个倾心的人或物。

现实中也有一处花谷。

这处花谷中，开满了爱情之花。

"十年前，她和我说好想有个属于自己的花园。后来，就有了这个鲜花山谷。"周小林看着殷洁微笑着，"我就想在这个花园里，牵着她的手，陪她看日出日落，陪她看星光，然后一起慢慢变老。"

说话的，正是这座花谷的主人，周小林。

也许只是不经意的一句话，却在对方的心上生了根，我想殷洁万万没想到，因了一句话，人间从此多了一座爱情的花谷。这不是一个奇迹，却比奇迹更让人震撼，这座花谷让我知道，爱你的人，会在乎你说过的每一句话。如果你有未完成的梦想，那个爱你的人，也会倾尽全力为你实现，不管这个梦想是简单的还是困难的。

听了二人的故事，便觉得喜从心来，为有情人终成眷属高兴，不是一件非常正常的事情吗？他们二人住在这座花谷里，把日子活出诗意来，这真是不容易，但真的好幸福。刘若英唱过一首《最浪漫的事》，一直很喜欢，我觉得刘若英唱的，就是他们俩："我能想到最浪漫的事，就是和你一起慢慢变老，一路上收藏点点滴滴的欢笑，留到以后坐着摇椅慢慢聊……"

所以读到《女曰鸡鸣》时，一下子喜不自禁。

这也是一个关于爱情的故事，也是我能想到的，最浪漫的事。

女曰鸡鸣，士曰昧旦——女子说鸡开始打鸣了，言外之意就是，天已经亮了，你可以起床干活了。古人的生活比现在艰苦得多，甚至有这样一个观念："日出而作，日落而息"，不勤奋一点的话，可能生活会更艰苦。男子恋床，不想起来，于是说天色还早，意思就是我还想再睡一会儿，你不要打扰我。

想想这画面，一下子生动起来，在现实生活中，曰"鸡鸣"的女子以及曰"昧旦"的男子，想必俯拾皆是，一抓一大把吧。

宜言饮酒，与子偕老，琴瑟在御，莫不静好。这是对未来生活的想象。不过仅仅想一下，便也觉得美好了。尤其是"执子之手，与子偕老"，这不正是人间最美好的事情吗？酌酒对饮，弹琴起舞，把日子过出诗意来，这是女曰鸡鸣的原因，哪个女子不希望自己的王子可以给自己想要的生活呢？

关于古琴的爱情故事还有很多，它是月老手中的红线，从这头到那头，是一颗心与另一颗心的距离。

等闲相见销长日，也有闲时更学琴，不是眼前无外物，不关心事不经心。古琴有远意，这是它的气场，改变不了的，特别的气场。

不是只有它有，但它的，又是与众不同的。

在一个无人的角落，愿意弹一曲琴，《醉翁操》也好，《华胥引》也罢，《广陵散》也可以，《高山流水》则更佳。

赠廖融

唐·王正己

病起正当秋阁迥,酒醒迎对夜涛寒。
炉中药熟分僧饭,枕上琴闲借客弹。

在这苍凉如水的人间,唯把闲情寄古琴,一声一曲总关情,哪怕是病了、醉了、痴了、念了,在一曲行云流水的琴声里,寻一个久违的知己,也是件极好的事情。

此时,春风正好,花色如锦,在这人间三月,煮鹤焚琴的人不见踪影,狂歌听琴的人倒是不少,比如那河边一树垂垂发的老柳,早已收了心,定了性,静静地闲卧云天下,等一位会心之人路过。

那人一定带着古琴来。

一定知道高山流水遇知音的故事。

同赴松窗烛下棋

一

不会下棋,实在是遗憾。

年少时曾学过,定不下性来,于是没学几日,便作罢了。当然,定不下性是其一,最重要的一点是,下棋太过深奥,单是种种规则,便将我困在了外面,围棋的世界,是进不去了。

但这并影响不了喜欢围棋的兴致。

喜欢，很喜欢，迷恋围棋的气场，也迷恋围棋的格局。

从什么时候喜欢上的呢？大抵是初中吧，也许是小学。那时候电视上热播《围棋少年》，也是因了这部动画片，才有了学棋的念头。尽管半途而废了——年少无知的时候，谁又懂得取舍呢？如今想来，泯然一笑，果然是年少啊。

迷恋江流儿。他下棋时的镇定与从容，时而的自信与猖狂，甚至偶尔的怯懦与迷茫，都一一印在了心上，这是一个棋手的成长史，同时也是一个少年的成长史，我看他如看自己的影子，尽管他那么优秀，而我自己那么的一无是处。

不会围棋。

后来学会了象棋。

总觉得二者的气场是一脉相承的，或者说，象棋只是围棋的一部分。

关于下棋，有那么一段话，"棋者，亦为兵也，诡道也。兵争之势大，非棋之所比，而棋之谋略，运筹帷幄之术，则又不逊于兵家之争。棋者，虽限于方寸之间，实则步步暗藏杀机，行棋者稍有不慎，则满盘皆输，悔之晚矣。"不知道说的是围棋还是象棋，但是我知道，对二者同样适用。

后来还学了五子棋。

这是真正意义上的围棋的一部分。

是简化了的围棋。

一步一谋略，一步一胜负——在这波诡云谲的棋局上，步步为营实在是必要,勾心斗角也必要,这样的勾心斗角,一点也不罪恶,一点也不肮脏,是人与人之间的无声的交流,是心与心之间的摩擦的火花。

想起一个词,气定神闲。

品茗可以使人气定神闲,下棋也可以。

曾经那么地在乎输赢,那么地急躁、急功近利,现在不了,现在心平了气和了,宠辱不惊也勉强做到了。这是下棋的功效。所以有人说,下棋如烹茶,在香气氤氲的过程中,人心仿佛经历了一场和风细雨,小草发了芽,花树也渐渐吐出了米粒般大小的花苞。

也喜欢下棋。

当然是象棋。

也下五子棋。

独不会围棋。

有遗憾。但遗憾有遗憾的好,这是一种遗憾之美,别人不懂,只我一个人懂。这样的美,一个人领会就好,不,是意会。所以,不下围棋,只观棋。观棋有观棋的乐趣,有一首诗就叫《观棋》。

观棋

唐·子兰

拂局尽消时,能因长路迟。

点头初得计,格手待无疑。

寂默亲遗景,凝神入过思。

共藏多少意,不语两相知。

有一句话叫"观棋不语真君子",因为看出了破绽,想点破却又不能言语的感觉你有过吗?心里痒痒的,仿佛蚂蚁爬上了心头,咬了你一下又一下。

还得忍住不笑,多么痛苦的事情啊。有时没忍住,噗嗤一声,笑出声来,下棋的二人一脸茫然地望着你,那样的表情,实在是莞尔。这就是观棋,有时候,不一定只是步入局中,才能感受其中的美好。

二

中国有一种说法,叫天圆地方。

这是古人对天地的认识。

古人用到益智上,于是产生了围棋。

《围棋少年》中,天魔大化是一种境界,天地大同亦是一种境界,对人生的理解不同,导致了对围棋理解的不同。围棋使人凡,使人圣,使人魔,使人佛,理解的程度不同,方向不同,结果也就不一样。

围棋很早就出现了。

古人对围棋多有追捧。

说是追捧,实在是烂俗,这是很中国的东西,怎么能是追捧呢,是从骨子里喜欢的,所以,是喜爱,是欢喜,是金风玉露一相逢,是与生俱来的爱情,那么的刻骨铭心。

所以文学作品中,少不了它的影子。

尤其诗词里,更是少不了。

有约不来过夜半,闲敲棋子落灯花,它与灯花初见于月夜,倾心于相逢；系马松间不忍归，数巡香茗一枰棋，它与白云相忘于松下，别人啜的是香茗，它啜的，是春秋；覆石为亭武肃成，有仙来此变棋枰，它在世事变幻中，早已得了道成了仙，褪去了一身俗气，在岩石上筑亭而坐，观天下阴晴圆缺；棋罢道人心似水，一钩新月挂松梢，似水的何止是下棋者之心，亦是它的心呀，它进也好，退也罢，在这天圆地方的世界，有一钩新月为它升起，那便足够了。

宋代诗人中，有一位文姓的诗人，他有一首绝句，我是极喜欢的。

偶书答岐守吴卿

宋·文彦博

君说归期未有期，西风又是脍鲈时。
何当会集香山伴，同赴松窗烛下棋。

一种似曾相识的感觉扑面而来。是了，很多人读了，会想起唐代诗人李商隐的作品《夜雨寄北》："君问归期未有期，巴山夜雨涨秋池。何当共剪西窗烛，却话巴山夜雨时。"无论是句子还是意象，都是惊人地相似，唯一不同的，便是意境了。

这便是我喜欢《偶书》的原因。

毫无疑问，《偶书》脱胎于前人的作品，但两首作品所表达的思想完全不一样，《夜雨寄北》中的思念是潮湿的，是一场夜雨后的欲雨还休，是的，不是欲语还休，是欲雨还休，想下未下的雨，将情感更好地衬托了出来，那样的深情，足使人心领神会。

而《偶书》则不一样。

也是写思念吗？是的。但这样的思念，是对朋友而言的，与爱情无关。是君子之间淡淡的友谊，虽然淡，却风也吹不掉，雨也打不散。

很多人不知道文彦博这个人，甚至从未听说过。

如果不是遇见这首诗，我想，我也不会留意他。

后来才知道，这人了不得，出将入相五十年之久已令人咂舌了，你能够想得到，他竟历仕宋仁宗、宋英宗、宋神宗、宋哲宗四位皇帝吗？四朝遗老可不多见啊，尤其是一位诗人。

南朝四百八十寺，多少楼台烟雨中，一个经历四朝的官员，经受了多少风波可想而知，尽管文彦博多有贤名，甚至被人尊称为贤相，但风光背后的心酸，又有几人知道？

在官场混迹了这么久，说不厌烦那是假的，明哲保身已是不易，还得当心小人匪类的刁难，因此读到"君说归期未有期，西风又是脍鲈时"时，忍不住心疼伊叟了。对了，忘了介绍，文彦博，字宽夫，有字伊叟。

这是对某种生活的向往。

什么样的生活？

诗中已经说了，脍鲈。

三

有些眼熟对不对？

但又说不出脍鲈是什么意思！

初见脍鲈，是在辛弃疾的文字里，他说，"休说鲈鱼堪脍，尽西风、季鹰归未?"这个典故很有意思,出自《世说新语》:"张季鹰辟齐王东曹掾,在洛见秋风起,因思吴中菰菜羹、鲈鱼脍,曰:'人生贵得适意尔,何能羁宦数千里以要名爵!'遂命驾便归。俄而齐王败,时人皆谓为见机。"

大意是晋朝的时候,有一个叫张季鹰的男子,在洛阳做官的一天,忽然见到秋风吹起,于是想到了家乡的味道。鲈鱼是苏州一绝,对于家乡的美味,张季鹰从小吃到大,早已刻骨铭心了,于是弃了官,回了乡。从此脍鲈成了思乡归隐的代名词。

伊叟产生这样的心思并不奇怪。

比如辛弃疾、苏东坡等等,哪位大家不曾有过这样的想法?尔虞我诈的生活不是伊叟想要的,他想要的,是自由,是闲逸。

何当会集香山伴——什么时候再雅集?这是伊叟发自内心的问话,他真的很期待,很期待那一天的到来。就算不似兰亭雅集那般曲水流觞,但与二三知交品茗煮酒,诗话闲谈,便也是人生中的一大幸事了。官场上没个交心的朋友,唯有这样的集会,才有机会诉说藏了很久的衷肠,有些话,只能说给那几个人听。

同赴松窗烛下棋——这场面真是好,是真好,如果你有类似的经历,一定会感动。在最合适的时间做最合适的事,都说了无闲事即芳期,舍了一切俗事,只为赴一场松窗之约。在月下,在窗下,在烛下,下一局无所谓输赢的棋,实在是再恣意不过了。

果然,后来,他信了佛。

只为寻一片心灵的净土,他信了佛。

"同赴松窗烛下棋"这一句早已埋下了伏笔,因此,并不惊讶,反而觉得理所当然，就应该这样。

汉代有一篇叫《围棋铭》的作品，是专写围棋的："诗人幽忆，感物则思。志之空闲，玩弄游意。局为宪矩，棋法阴阳。道为经纬，方错列张。"

唐代有一首题为《禅院弈棋偶题》的七律，"裛尘丝雨送微凉，偶出樊笼入道场。半偈已能消万事，一枰兼得了残阳。寻知世界都如梦，自喜身心甚不忙。更约西风摇落后，醉来终日卧禅房。"想来伊叟皈依佛法后，也写出了不少这样的文字。

赠琴棋僧歌

唐·张瀛

我尝听师法一说，波上莲花水中月。
不垢不净是色空，无法无空亦无灭。
我尝听师禅一观，浪溢鳌头蟾魄满。
河沙世界尽空空，一寸寒灰冷灯畔。
我又听师琴一抚，长松唤住秋山雨。
弦中雅弄若铿金，指下寒泉流太古。
我又听师棋一著，山顶坐沈红日脚。
阿谁称是国手人，罗浮道士赌却鹤。
输却药，法怀斝下红霞丹，束手不敢争头角。

也喜欢这一首。佛家的偈语多有可取处，当我念出波上莲花水中月时，早已清寂如莲了——我便端坐水中，与那水中月一道，听禅悟法，修出佛心。佛心也在棋局之上，谁也不知道，下一局棋需要多久才结束，也许一千年，也许一万年，也许一局终了，有人醒转过来，已是烂柯之人。

刺桐花下学兰亭

一

很喜欢，这句诗。

不由分说地喜欢。

单喜欢这一句，就是觉得好。其它的句子全都隐身了，消失了，只留下这一句，孤城一样，坐立在我的面前，挪不走，也不愿意挪开。

作者叫李廌，不认识，甚至字也不会读，只知道他是宋朝的，仅此而已。

但也足够了。

需要知道很多吗？不需要！人与人之间的交往，无须知根知底，只要有一个懂你的眼神，那就足够了。

刺桐花下学兰亭——还有比这更灵气的句子吗？至少在初见的一刹那，无论天上还是人间，只有这一句，只剩这一句。

兰亭已是美，多了刺桐花，更是美好了。

喜欢兰亭。

也是不由分说地喜欢。

有时候觉得自己很自我，很固执，很花心……前一天才说这个句子好，再过了一天，便觉得另一个句子美到令人窒息，又过了一天，又爱上一个句子……明明说过独爱这一句，像是发誓只爱这个人，但过不了多久，却又变心了。

是变心了吗？

也不算是吧。

喜欢这种事，实在是不由自主。是变了心吗？不，绝不是，只是爱上了这句，也爱上了那句而已。

遇见很多年了，至今还会背诵："此地有崇山峻岭，茂林修竹，又有清流激湍，映带左右，引以为流觞曲水，列坐其次。虽无丝竹管弦之盛，一觞一咏，亦足以畅叙幽情。"有时默念几句，竟生出亲临兰亭的错觉。

很向往这一个地方，说是精神的圣地，绝不是夸张。

这个曲水流觞的地方，太令人魂萦梦绕了。

向往的文人数不胜数……杨万里曾写过"竹坡集里曾相识，惊见兰亭茧纸书"的句子，陆放翁曾写过"最好长桥明月夜，寄船策蹇上兰亭"的句子，谢朓曾写过"兰亭仰远风，芳林接云崿"的句子，白居易曾写过"兰亭月破能回否，娃馆秋凉却到无"的句子。

刘克庄曾写过"拂袖归来也，懒追陪、竹林嵇阮，兰亭王谢"的句子，吴文英曾写过"兰亭秀语，乌丝润墨，汉宫传玩"的句子，苏东坡曾写过"君不见、兰亭修禊事，当时座上皆豪逸"的句子，辛弃疾曾写过"胸中书传有余香，看写兰亭小字、记流觞"的句子。

太多太多了，关于兰亭，这个梦一样的地方，喜爱的，不止我一人。

曾写过一首小诗,刊载于杂志《星星》上。

兰亭序
永和九年,老少咸集。在曲水流觞处
吟诗、作画、歌舞、饮酒

是夜,趁着醉意,调戏明月清风
时而枕在青山的臂弯,低嗅她的体香
时而醉卧兰亭怀里宽衣解带,看她面色潮红

时而诗兴大发,且请明月添灯,看我挥毫泼墨
时而困意十足,且以天为被地为席,唤来三五蝴蝶
与我酣睡一场,不问梦外是是非非、风风雨雨

年少时的文字,总有太多的浪漫与轻狂。现在再写的话,绝不会这样写了,现在写的话,写兰亭的清风与明月,写人间的薄凉与清欢……看得太清楚,反倒失了年少时的懵懂和青春。

常常梦回兰亭。

一个人。

去遇见一群人。

遇见王羲之,也遇见那些不知名姓的文人。因为他们,每一个关于兰亭的梦,都如曲水流觞一般美好。美好而又生动。

二

喜欢兰亭,也喜欢《兰亭序》。

这一轴书法,是人间大美。

如果问什么国家的书法最美,一定是中国的。中国的书法,早已超脱出书写,成了一门艺术。行书、楷书、篆书、瘦金体……这就是中国的书法,各立门派,各有各的美。

《兰亭序》是行书,有"天下第一行书"之美誉。

我不在乎这天下第一,天下第一又如何?

我在乎的是,它打动了我。

体无完肤地,一下子就沦陷了,这样的喜爱,你有过吗?仿佛每一个字都生动起来,在一轴书卷上,各自演绎各自的生活。这就是美,书法之美。甚至那个涂了的疤也很美——它是佳人脸颊上的一粒痣,与秀发,与耳目,与口鼻,相辅相成,不可分割。

雪小禅也写过《兰亭序》,她说,"《兰亭序》花枝春满啊。开合有度,气象万千。不可说的禅意。每个字都是世故和练达,每个字都是中国文化的天意和美意。越到年长,越喜欢读帖了——就让我直接与古人对话吧,跨越了千山万水的光阴,扑到这些古帖面前。仿佛与久别的亲人重逢。就这样面对面了,比任何画或文学描述更直接更坦荡。让我回到千年前,做三月三绍兴兰亭的一阵风,被王羲之沾了墨,一起写在宣纸上。"

白落梅也说:"王羲之的书法是何等的婉转秀丽,神韵天然,一册《兰亭集序》,如遇花开,明心见性。"有人曾用"翩若惊鸿,婉若游龙，荣曜秋菊，华茂春松，仿佛兮若轻云之蔽月，飘飘兮若流风之回雪"这句话来赞誉《兰亭序》《洛神赋》中的句子，说得恰如其分。

临摹《兰亭序》的文人不少，得其形弗得其神的作品亦不鲜见，世间只有一个王羲之，只有他的《兰亭序》，才是最动人心的。

也有人写《兰亭序》，随自己的意，不临摹。

好作品不多，但让人印象深刻的，是八大山人的《兰亭序》。

八大山人的作品向来不拘一格，这轴瘦了身的《兰亭序》，经八大山人删改后，竟有了别样的风韵。甚至易了名。瘦了身的《兰亭序》有了新名字，叫《临河序》。

临河序

清·八大山人

永和九年，岁在癸丑，暮春之初，会于会稽山阴之兰亭，修禊事也。群贤毕至，少长咸集。此地有崇山峻岭，茂林修竹，又有清流急湍，映带左右。引以为流觞曲水，列坐其次。

是日也，天朗气清，惠风和畅，娱目骋怀，信可乐也。虽无丝竹管弦之盛，一觞一咏亦足以畅叙幽情矣。故列叙时人，录其所述。右将军司马太原孙丞公等二十六人，赋诗如左。前余姚令会稽谢胜等十五人，不能赋诗，罚酒各三斗。

不止是删，还有改写，《兰亭序》全文324字，《临河序》只有112字，这么大胆的删改，也就八大山人能做到了。而他独创的"八大体"，也让这轴书法更加地生动起来。

《临河序》末句很有意思,"不能赋诗,罚酒各三斗",一下子笑出声来,于是捧腹笑道,"这很八大山人,这很八大山人哩。"

三

《兰亭序》很灵气,仿佛一朵兰花。有一个帖子叫《花气袭人帖》,《兰亭序》就是那袭人的花气,教人酥了骨,也酥了心。

遇见这名字,也想放浪形骸了。

也想于茂林修竹间,伐竹为杯,曲水流觞。想想便觉得美。也想在天朗气清的时候,游目骋怀,把自己放养于天地间,做一片质本洁来还洁去的云朵。

遇见这句诗,一下子倾心。

刺桐花下学兰亭——学摹《兰亭序》已使人倾心了,在那刺桐花下,更觉出了绝世之美。那美,是病倚山窗忆故人,是唱和诗成无处书。

仿佛一幅画。

其实,中国的书法,就是一幅画。

这句诗,亦是一幅画。

刺桐花下学兰亭——这画面,美出了诗意,美出了境界。我便是那隐世的书生,在酣畅淋漓的水墨中,泼洒雪月与风花。

我便是那隐世的书生,在那刺桐花下,铺开一层宣纸,宣纸上无风无浪,仿佛桃源。取出笔来,在洗砚池边冲洗一番,然后磨了墨,濡了笔,托起衣袖后,临摹《兰亭序》。

一日复一日，一年复一年，也许就这样，临摹一辈子。从刺桐花开，到刺桐花落，《兰亭序》欲成，指间一段春。

秋霁·题丁蓝叔茂才文尉兰亭秋禊图
清·黄燮清
山净云空，正爽籁吹凉，送了蝉翼。
石磴张琴，笋舆携酒，高秋最宜游历。
醉红绚壁。茂林已带胭脂色。
待曳履。寻取、晋时觞咏旧吟席。

留恋畅叙，水竹依然，会稽山阴，都是陈迹。
暮春天、西风换却，六朝烟树剩寒碧。
良会定须名士笔。
事往如梦，还问我辈登临，后人怀想，可如今日。

括写《兰亭序》的作品不少，什么是括写？就是概括，以其他体裁重新写一遍，最常见的是乐府诗或者词。

括写的作品见过不少，大致就是《兰亭序》的内容了，后来遇见了这阕《秋霁》，倒是欣喜了许久。

这是一首题图词。题图的作品很常见，现在也有人写，我喜欢的一位当代画家叫老树，他的作品别具一格，不仅画作如此，题写的诗也如此。平淡的字句与笔墨，往往蕴涵了人生的哲思。

喜欢他的题图诗，"闲来坐于松下，其实没想不朽。只是借片阴凉，喝瓶清凉啤酒。""一周都在疯忙，今天去看荷塘。心中开出莲花，世界一片清凉。""一碟花生米，一瓶二锅头。天下有人管，我发什么愁？"没有格律的文字，竟也生出了大美，这是老树带给人间的惊喜，也是上天带给老树的惊喜。

鲈满银盘酒满壶，山童竹里送行厨，风流绝似兰亭会，留取他年作画图。这一阕《秋霁》，让我无比想见《兰亭秋禊图》，最终没寻到这幅图，想是应该佚失在岁月的烟云中了。不过不要紧，好在这首题图的作品还在，我会循着字句，去修复一幅秋禊的兰亭。

秋禊的兰亭，如梦的模样。

第三卷

卖花声·一回顾作两相思

名鸟群飞古画中

一

有一个词叫读画。

很有气象的一个词语。

听雪也有气象,各有各的风骨。听雪很轻盈,很空灵,是雨后啜一盏闲茶,是春时观一枝繁花。

读画不一样。

读画这个词里,包裹着旧光阴。

所以见到这个词时,一下子美从心来。

美的是什么?当然是光阴。而且一定是旧光阴。唯有旧光阴,才能让人更深切地体味,什么是人间有味是清欢。

旧光阴,是碎了一地的月光,一粒粒,一滴滴,都是人间万象。从旧光阴里寻来悲欣,总有那么一个刹那,能够击中你内心的柔软。

认识一个女子。

叫蝶小妖。

很媚的一个名字。这种媚,是骨子里散发出来的,很清新,也很动人。一个蝶字,教人心心念念。她喜欢江南,从她的文字里,我能够感受到。所以这只人间的蝶啊,远从江南来,带来了南朝四百八十寺,也带来了楼台烟雨中的旧光阴。

喜欢妖字。

小妖——多么妖气的一个名字呀,可是多了一个蝶字,竟也妖出美来。有一句歌词是"大王叫我来巡山,我把人间转一转",蝶小妖不一样,她游走在人间,不,是游走在江南,把自己写成一只蝴蝶,飞在细雨如愁轻似梦的旧光阴里,一飞就是一千年。

蝶小妖写诗。

她是一个名副其实的诗人。

从她的文字里,总能够拧出雨来。那雨,轻飘飘的,软绵绵的,棉花糖一样,落在睫毛上,也落在人心里。

落花之前你要赶来

蝶小妖

即便落下,也是三十七度的暖

即便雨水打湿了唇

盛开时,我的身子

萤火虫一样闪

这低垂的柔

胜过多少花朵。胖,秋天无非是我们

又一个熟悉的地址

纷乱的风

总高悬月光之上

最艰难的一步

你一定要记得

月圆时循着旧痕,落花之前,回来

　　赶在落花之前,赴一场月圆之约。她的文字是一幅画,所以读她的诗,仿佛在读着一幅幅画。

　　她写过顾绣,写过昆曲,写过中药,写过徽州……这些事物带着旧光阴,让人行走其中,感受大美。一个地名是有温度的,当我遇见一个地名,一些岁月一些往事缓缓浮现出来,演绎出许多说不清道不明的昨天。昨天,似乎离得很近,又似乎离得很远。

　　读画这个词语包裹着旧光阴,究其原因,是因为画上的每一笔每一划,都沾染了岁月的痕迹。

　　中国文人喜欢读画。

　　读一个人的风雨一个人的河山。

　　读一个人的风骨一个人的气节。

　　读八大山人,读顾恺之,读赵孟頫,读齐白石……每一个画家的气场都不一样,一样的是,他们永生于画里,也许那皴染的一笔,正是一位画家的眉眼或须发。

　　读画最好读古画。

　　一个古字,分外嶙峋。

　　名鸟群飞古画中——那飞鸟,应是读画之人吧,不,也许只是读画之人的魂灵,或者一个清灵的眼神,飞入古画中,寻画中往事画中光阴。光阴那么旧,那么美,那么静,那么闲,光阴定格于泼墨的刹那,但是我知道,刹那即永恒。

二

遇见一个句子,在一首慢词里。

"越缦堂深,久当州门看。怪近日、听香读画,芳意都懒。"连香气都慵懒起来,这样的光阴,罂粟花一样,美带九分毒。

所以才会上瘾,甚至爱不释手。

当然最诱人的,是四个字。

听香读画。

真是致命呀,很普通的汉字,很寻常的汉字,怎么如此搭配在一起,便生出了如此多的诱惑。

是的,是诱惑。

致命的诱惑。

喜欢得不要不要的,大抵是初见这个句子时的心境了。

听香?

怎么听?

用耳朵听吗?怎么听得到?用鼻子?也听不到啊!怎么听?怎么听?问了无数次自己,依旧没有合心的答案。于是叹了口气,不,是认了输,黯然嗟叹:也许,也许是用心吧,用心来听,听冷香飞上诗句,也听如故旧光阴。

有一个词叫通感。

大抵就是用心去感受吧。

莺啼序·题王定甫师婴砧课诵图
清·况周颐
音尘画中未远，莽沧桑换几。
剩依黯、昔日春明，秭归啼处离思。
记分占、桐阴片石，书灯惨澹砧霜碎。
便兰骚能貌，婵媛未抵情至。
垂老侯芭，载酒记省，怅华年逝水。
为读画、怅触乡愁，梗萍行念身世。
数承平、鸾笺象笔，擅荃艳、谁争臣里。
向天涯、昨梦重寻，旧家诗事。

惊秋断杵，映雪寒窗，坐我更悽悱。
差胜是、廿年亲舍，戏綵膝绕，蒜发荷衣，那禁清泪。
故山雁断，新亭麦秀，唯应月姊知人怨，破书堆、万一蘪幽地。
披图涕雪，松楸望极南云，涨天可奈尘起。
趋庭卯角，雅学初程，授诵亦谢姊。
重怆念、吟边雪絮，梦里昙花，此恨生离，未应得似。
羁孤易感，情亲难再，人生能几年少日，况山河、风景而今异。
填胸事往休论，四十年前，绛纱弟子。

也许读画，读的是一个人的一生。无论雨，或是晴，人生这本书上,每一个文字,都是带有温度的光阴。

所以,文字不仅仅用来看,更是用来读,读懂了读透了,岁月往事也就嫣然绽放了。有人问,需要绽放吗?答案是肯定的,当然需要。那可是生命的花草啊,每一段记忆都在证明,一个人存在的意义。

王定甫是谁不知道。

但是可以知道,有一个人懂他。

有一个人,读懂了他的故事,读懂了他的心事,这实在是一件幸事。人生得一知己足矣,我想,王定甫应该是幸福的,至少,有一个懂他的人。

《莺啼序》那么长,如一个人的一生。

据我所知,《莺啼序》在所有词牌中,是最长的。

如果不按年龄排序,那么,它就是最魁梧的一个。

也曾填过《莺啼序》,多是写着写着,便写不下去了,于是,半途放弃。唯有写过的人才知道其中的难度,不仅仅是因为字数,更重要的是它的谋篇和布局。

况周颐写了。

为了一个人,倾尽心力。

多么难得啊。

将《莺啼序》题在画卷上,这幅画一下子有了生命的厚重。这幅画里,暗潮涌动着一个人的风尘仆仆,以及一个人的也无风雨也无晴。

四十年前,绛纱弟子——春秋是一场大梦,梦中时二十年,梦醒时二十年,几十年沧桑巨变,有人青丝染白雪,有人化作春泥更护花。

四十年前,彼此同窗。

彼时，你题诗画扇上，我填词花屏间。

彼时，先生堂上捧诗书，你我座下各笑谈。

彼时，如花美眷春深处，你心思亦我心思。

彼时，夕阳西下有时尽，你我骑马各天下。

未曾变的，是一段情谊。梦里昙花，此恨生离，未应得似——也许你远在天边，也许你已不在人世，人间如梦，你若昙花，只是，你在我心里，一直都在，永永远远。

况周颐的词，王定甫的画，他们以别样的方式相遇，能不感动吗？以别样的方式共老共死，也算是一场无悔了。

读画。

读他们俩。

我读到的，不一定是如花美眷，但一定是似水流年。只有在似水的年华里，人与人之间，才有了最好的相识与相逢。我期待着一场相逢，你也期待吗？

三

梁秋实写一篇文章时，曾引用过《随园诗话》的一句话，"画家有读画之说，余谓画无可读者，读其诗也。"梁秋实对这句话的理解是，"读是读诵之意，必有文章词句然后方可读诵，画如何可读？所以读画云者，应该是读诵画中之诗。"

也就是说，读画的时候，读的是画中之诗。

并非指题在画上的诗，而是画所要表达的意境。

"意境即是诗。"这是我读画时的一个感受。

我不是画家，亦非诗人，只是凭着自己的感受，说出自己的观点。对与不对其实不重要，真的，一点也不重要，重要的是，你感受到了什么？

一幅画的好坏，关键在于你读到了什么。

读到了诗，那么恭喜你，你遇见了一幅好画。

读雪小禅的文章时，经常见她提到一个词，留白。李娟也提到过。丰子恺有一幅名画，叫"人散后，一钩新月天如水"，其实，单是这画名，便足以传世了。更何况，画是那样好，"好得一塌糊涂"，这句话用在这幅画时，最合适不过。

这幅画其实很简单，但为什么，所有人都说好。

关键，在于，留白。

一个人背过一首诗，有人念了上一句，下一句不用看不用想，自然就浮上心头，这也是留白。丰子恺的这幅画不一样，他的留白更纯粹，你想到什么，它就是什么。

留白就是诗。

留白是画的一部分，因此读画的时候，读意境也读留白。

顾鉴沙榈伴梅图·其四

清·朱景英

江乡花事近如何，读画天涯忍放歌。

开遍早春三百树，不堪回首白云多。

有一幅画，名叫《伴梅图》。与梅相伴，这样的书画，古往今来，实在多不胜数。

与梅相伴的，是一个女子，应该是一个大家闺秀，而且待字闺中。

她一定在等待。

等一个人。

也等一段故事的开始。

梅下立多时，不知香染衣，她也不捻三两枝，只是痴痴地立在那里，与数朵梅花对视。她们一定在交谈，用心，用眼神。也许一朵梅花正在问，"你在这里那么久了，是在等人吗？"她脸上一红，低下眉眼，然后轻声叱道，"才不是，才不是呢。"梅花们笑作一团，花枝乱颤，小女子的心思，它们又怎会不懂。

如果，与梅相伴的，是一个男子。

见到梅花，第一时间想到的，竟然是他。

谁呢？

林逋。

一定着白衣呀，白衣胜雪的林逋，立在梅树下，才是诗意的。尽管白衣的男子被人们写了无数次，写得烂俗了，还是觉得好，这样的好，你能心领，我能神会。

如果吹一支箫则更好。

这样的男子，实在是风流。

玉树临风，风度翩翩……这些词都不用，风流二字足矣，倜傥的风流，同样也是梅花的气节。

系尔一生心，是我千行泪——如果有个幽人独往来，那人，一定是林逋。以鹤为妻,以梅为子,若非孤独到如此,怎会生出这样的心思?

人鹤俱老。

伴鹤也伴梅。

在这幅《伴梅图》里,一定有一只白鹤,藏在某个不为人知的角落。如果没发现,寻不见,再寻一寻翎羽吧,那白色的翎羽,定是画家留下的留白:小叶稠枝粉压摧,暖风吹动鹤翎开,若无别事为留滞,应便抛家宿看来。

梦回犹听卖花声

一

走在春天里。

走在春天的小径上。

顾盼一场春风,袅娜一枝繁花,也许邂逅一只蝴蝶,或于小溪曲折处,见一双归来燕,剪出人间柳色新。

寄祝鸣皋

明·胡应麟

落魄长安旧酒徒,五陵花色劝提壶。

别来肝胆凭谁问,一片霜华照辘轳。

最好是在长安。

最好在长安的某一条街道上。

哪一条都可以,热闹也好,萧条也罢,只要有酒,有楼,有月光,那便足够了。

怎样才算落魄?

一身褴褛?邋遢?一身酒气?走路趔趄?还是疯疯癫癫,不知所谓?

不管了。

为什么落魄?

家境贫寒?与友交恶?榜上无名?仕途失意?囊中羞涩?喜欢的女子不喜欢自己?还是一个人远走天涯,太孤单,太寂寞?

不管了。

此时此刻,一切都是浮云,唯有酒壶在手,才是最实际的。

做一个酒徒,也挺好。

酒徒这个词,是贬义词吗?

也是,也不是。

如果你在意,它就是贬义词。如果你不在乎,那么,它什么都不是。

做一个酒徒,卜居酒壶里。

酒壶中,有乾坤。

小小的酒壶包罗了世间万象,万里河山和万代千秋,全在酒壶里。在酒壶里的那个人啊,是帝王也是君臣,是书生亦是草民,不用过问今日江山谁主,只须醉一场,便可以快意一生了。

想起酒剑仙。

《仙剑奇侠传》中的人物。

《仙剑》中,最爱酒剑仙,爱他胜过爱主角。

也爱李逍遥,李逍遥的痞子气,俊朗的模样,教人见了便忘不了。酒剑仙不一样,英气十足自是有的,但更致命的是,他浑身上下,都散发着一种气场。带着酒气,带着仙气,有一丝狷狂,又那么风流——这就是,酒剑仙。

辞别山神庙时,他吟唱一首诗:"御剑乘风来,除魔天地间,有酒乐逍遥,无酒我亦癫。一饮尽江河,再饮吞日月,千杯醉不倒,唯我酒剑仙。"

怎么可以这样,实在,实在太致命了。

如果不是神话,如果是在大唐,那么酒剑仙,一定就是李太白。也许,酒剑仙的原型,就是李太白,酒剑仙只是李太白的影子。

是不是没关系,都是酒徒,不分彼此。

行走在长安,有无限的好。

一日看尽长安花,非在春风得意时,提一壶老酒,骑一匹快马,管这马到什么地方去,就在这马背上,一饮千钟又何妨。

如果尚清醒,不妨凭着意识,将五陵花色移来,移入酒壶中,酿一壶雕花酒。是的,以花色酿酒,五百年发酵,五百年窖藏,待得痛饮时,人间已过一千年。

以千年为约也好。

将岁月酿酒煎茶,只为赴一场千年之约。

星月神话

金莎

我的一生最美好的场景　就是遇见你
在人海茫茫中静静凝望着你　陌生又熟悉
尽管呼吸着同一天空的气息　却无法拥抱到你
如果转换了时空身份和姓名　但愿认得你眼睛
千年之后的你会在哪里　身边有怎样风景
我们的故事并不算美丽　却如此难以忘记

尽管呼吸着同一天空的气息　却无法拥抱到你
如果转换了时空身份和姓名　但愿认得你眼睛
千年之后的你会在哪里　身边有怎样风景
我们的故事并不算美丽　却如此难以忘记
如果当初勇敢地在一起　会不会不同结局
你会不会也有千言万语　埋在沉默的梦里

如金莎所唱的那样,也许故事并不算美丽,却如此难以忘记。星月神话发生在梦中,而梦,却在酒壶里。

如果醉了,便醉在古井旁吧。枕着井辘轳,看寂寂的井水上,倒映着天空的脸。天空有繁星无数,我知道,其中有一颗是你的。那颗最亮最夺目的,一定是你的。

二

与花结缘。

在春天里。

如果做花的知己,你愿意吗?

我愿意!

曾有人说,花朵是大地的语言。我想说,难道不是吗?

平素侍弄花草久了,便生出了草木之心。有时候侍弄着侍弄着,突然觉得自己就是一株植物,于是静静地站在花草前,想象自己"中空外直,不蔓不枝,香远益清,亭亭净植"的样子。

有一个词叫化境。

入了神,便入了化境了。

于是更勤于侍弄了,与花草一起生活,再也没有了孤芳,香气,当然一定分享。我中有你,你中有我,这就是春天的味道。

瑞鹤仙·卷帘人睡起

宋·张枢

卷帘人睡起。放燕子归来,商量春事。

风光又能几。减芳菲、都在卖花声里。

吟边眼底。被嫩绿、移红换紫。

甚等闲、半委东风,半委小桥流水。

还是。苔痕湔雨,竹影留云,待晴犹未。

兰舟静舣。西湖上、多少歌吹。

粉蝶儿、守定落花不去，湿重寻香两翅。

怎知人、一点新愁，寸心万里。

于是，也喜欢卖花声。

有一个词牌名，叫《浪淘沙》，很多词人都填过这个词牌，印象最深的，当然是"梦里不知身是客，一晌贪欢"，以及"流水落花春去也，天上人间"。

很多人都不知道，其实，《浪淘沙》还有另一个名字，就叫《卖花声》。

卖花声，一个卖字，教人心心念念起来。

另一首词，也很有意思。

减字木兰花·卖花担上
宋·李清照

卖花担上，买得一枝春欲放。

泪染轻匀，犹带彤霞晓露痕。

怕郎猜道，奴面不如花面好。

云鬓斜簪，徒要教郎比并看。

一下子喜欢上了。卖花担上——那担着花来卖的女子，十四五岁的样子，头上簪一朵不侬不艳的花儿，实在青春得可爱。

这样的场面，电影中常出现。

尤其九十年代的香港电影，卖花的少女，已经成了一个约定俗成的画面，一定要有，有了才有电影的样子。

大抵是因为电影的影响，才喜欢上卖花声的吧。

不过，现在不了，现在才发现，诗词中的卖花声，才是最美的。

遇见一个担花的女子，当然是在梦里，见了我，低声问，"先生，买花否？"那声音糯糯的，我知道，是青春的样子。买一束吧，无女伴也买，买了，用嘴巴叼着，一副地痞流氓的样子。

这样子挺好，很年少，也很孩子气。

怎知人、一点新愁，寸心万里——佯作毫不在乎放浪不羁的样子，其实心心念念里，全是她。这样的情愫，年少时谁没有过？真想化身为一只蝴蝶，飞过深院与高墙，落在伊人肩膀上。

三月名园草色青，梦回犹听卖花声，春光不管人憔悴，飞絮纷纷弄晚晴。刘半农有一首诗歌，那是他的成名作。每一次遇见这首诗，总能够听见自己的心声，这时候才惊觉，呀，教我如何不想她。

教我如何不想她

现代·刘半农

天上飘着些微云，

地上吹着些微风。

啊！

微风吹动了我头发，

教我如何不想她？

月光恋爱着海洋，
海洋恋爱着月光。
啊！
这般蜜也似的银夜，
教我如何不想她？

水面落花慢慢流，
水底鱼儿慢慢游。
啊！
燕子你说些什么话？
教我如何不想她？

枯树在冷风里摇，
野火在暮色中烧，
啊！
西天还有些儿残霞，
教我如何不想她？

三

提到卖花，买花当然不可少。印象最深的，应该是卢祖皋的《江城子》了。他在《江城子》中写道，"载酒买花年少事，浑不似，旧心情。"

又见花,又见酒。

在古代,花与酒,是绝佳的搭配。

江城子·画楼帘幕卷新晴

宋·卢祖皋

画楼帘幕卷新晴,掩银屏,晓寒轻。

坠粉飘香,日日唤愁生。

暗数十年湖上路,能几度,著娉婷。

年华空自感飘零,拥春醒,对谁醒。

天阔云闲,无处觅箫声。

载酒买花年少事,浑不似,旧心情。

惆怅的心事,在这首词里独自飘零。纵然天阔云闲,经年的箫声,却也寻不见了。于是,独上高楼,不为望尽天涯路,只为在绣帘轻卷晴岚时,将一腔苦闷,题写在那银色的屏风上。

潮湿的文字。

我知道,是泪水洇湿的。

它洇湿了文字。

也洇湿了梦境。

暗数十年湖上路,能几度,著娉婷——十年,又是十年,人生能有几个十年?十年是一道坎,迈一道少一道,当你迈到最后一道,人生也就完结了。

有朋友新书叫《你是我的未完待续》，可是谁又是谁的未完待续，谁又能成全谁的未完待续呢？

桃李春风一杯酒，江湖夜雨十年灯，这十年来，多少往事灰飞烟灭，唯一忘不了的，是那个娉婷的姑娘。多希望一见钟情啊，多希望一见如旧，仿佛故人，只是每一次擦肩而过，都可能是今生的最后一次见面，该如何是好？谁也不知道。

载酒买花年少事，浑不似，旧心情——于是，只能买醉，明知道抽刀断水水更流，举杯浇愁愁更愁，可是，还有更好的方法吗？如果没有，那就好好醉一场吧，醉游长安千万里，五陵花色裁衣衫。

卖花者不一定只有少女，也有可能是老翁，是老妪。

所以买花这件事，不一定总是浪漫的。

秦中吟十首之买花

唐·白居易

帝城春欲暮，喧喧车马度。
共道牡丹时，相随买花去。
贵贱无常价，酬直看花数。
灼灼百朵红，戋戋五束素。
上张帷幄庇，旁织笆篱护。
水洒复泥封，移来色如故。
家家习为俗，人人迷不悟。
有一田舍翁，偶来买花处。

低头独长叹,此叹无人喻。

一丛深色花,十户中人赋。

这首《买花》,是《秦中吟》的第十首,同时也是白居易颇为得意的一首作品。

清人贺裳在《载酒园诗话又编》中评论过这首作品,他说:"《秦中吟》末篇'一丛深色花,十户中人赋',差可讽咏。馀皆骨弱体卑,语直意浅。虽欲以广宸聪,副忧勤,而'言之无文,行之不远',去《祈招》之义远矣……吾读白讽谕诗,每叹其有美意而无佳词也。"

说得很中肯。

不过这世间,哪有十分完美的东西。

对于这首诗,是非常喜爱的。有美意便足矣。这样的美意是细水流长的,在冗长的岁月里云淡风轻,何尝不是一种美好。

更何况这首讽喻诗,讽喻的力度不疾不徐,不轻不重,给人以思考,那便足够了。正如冯班在《唐宋诗醇》中说的那样:"白公讽刺诗,周详明直,娓娓动人,自创一体,古人无是也。凡讽谕之文欲得深稳,使言者无罪,闻者足戒,白公尽时露,其妙处正在周详,读之动人,此亦出于《小雅》也。"

一回顾作两相思

一

他不过是个寻常男子，如何消受这天降的恩泽？但到底是不凡的，那一手妙字，行云流水，远近皆知。他的草隶，如一垄垄萋萋芳草，在这繁华落尽的盛世里，倒也多了几分生气。

《灵怪集》载："太原郭翰，少简贵，有清标。姿度美秀，善谈论，工草隶。"他不是世人皆醉我独醒的李青莲，亦非世人皆浊我独清的屈大夫，他就是他，一个书卷气十足的男子，于空灵的清水与浑浊的泥沼间，坚守着那一朵，名字叫作"气节"的清莲。

一襟清标气，拂尽世间尘。在那个清宁、冷清的夜晚，他一袭白衣胜雪，独处闲庭，饮清风，步明月，世间多少纷乱喧哗，全都在庭前的花开花落中，寂静无声。扇一扇暑气余热，舞一舞袖上生凉，这一刻，天地安静下来，他的呼吸轻缓如流水，匆匆流过，云淡风轻。

他只是轻轻地抬起头，想看一看此时的云朵，是卷是舒。只是不曾料到，这一望便惊住了，那一抹倩影，如刹那间盛放的昙花，绝世风华，倾国倾城。他是醉了，醉在这惊艳的一瞬间，他哑然不语，不是不想，是说不出话，是欲辨已忘言。脑海中只想起《洛神赋》中冠绝天下的几句："其形也，翩若惊鸿，婉若游龙，荣曜秋菊，华茂春松。髣髴兮若轻云之蔽月，飘飖兮若流风之回雪……"

明艳绝代，光彩溢目，披玄绡之衣，曳霜罗之帔，戴翠翘凤凰之冠，蹑琼文九章之履。她婀娜多姿，步步生莲，一笑已倾人城，再笑时,早已花羞月闭,雁落鱼沉。当她轻启丹唇,他则心头一紧,她是一朵飘忽卓绝的雪花,远从天上来。他则是这人世间寻寻常常的肉体凡胎,再怎么出淤泥而不染,也终是敌不过,她一个仙气凌风的眼神。

她说:"吾天上织女也。久无主对,而佳期阻旷,幽态盈怀。上帝赐命游人间,仰慕清风,愿托神契。"原来,她只是受不了寂寞;原来,她只是到此人间,聊遣幽怀而已。可是,他还是醉了,还是义无反顾地陷了进去,万劫不复又如何,因了她的一个眼神,他愿意倾尽一生,供她一笑。当他说出那一句话的时候,他早已低到了尘埃里,他愿从尘埃中拼尽全力,开出花来。他说:"非敢望也,益深所感。"

二

谁又曾料到,在无数个温存的日子后,佳人离去,他悠悠坐着,独对寒窗。谁又曾料到,那时候的耳鬓厮磨,换来的,不过是一场金风玉露。当他拿出七宝碗,盛一碗清风明月时,那澄滢剔透的琥珀光,不是欢喜,是无尽寂寞,无限闲愁。

他后悔过吗?不,从没有!他甘心,他情愿,他一直坚信,此情若是久长时,又岂在朝朝暮暮。所以,他在一个人的时光里,无论眉头紧锁,还是开怀一笑,都只是为了一个人。

他从七宝碗盛满的月色里,看到了当年的模样。那时,他那还是一个翩翩俊郎的公子,温润如玉,满目皆春,尽管低到了尘埃里,但那一丝丝英气,依旧在眉宇间,经久不息。

他从七宝碗盛满的月光里,看到了一个芳华绝代的女子。在那段柔情似水的日子里，"张霜雾丹縠之帏，施水晶玉华之簟，转会风之扇，宛若清秋。乃携手登堂，解衣共卧。其衬体轻红绡衣，似小香囊，气盈一室。有同心龙脑之枕，覆双缕鸳文之衾。柔肌腻体，深情密态，妍艳无匹。"她的一颦一笑，无不沾染了馥郁的芬芳。

"牵郎何在？那敢独行？"他打趣说："你的牛郎在哪里，你怎么敢一个人独自出门？"虽是戏虐之语，虽然努力笑得很自然，可是那一言一语、一举手一投足间，充满了淡淡的醋味。他怎么可以不介怀，他怎么可能不在意，他只是个寻常男子，会为一个人心生妒忌，也会为一个人倾尽所有。

他对天上的仙界亦充满了好奇。《灵怪集》载，翰又曰："卿已托灵辰象，辰象之门，可得闻乎？"对曰："人间观之，只见是星，其中自有宫室居处，群仙皆游观焉。万物之精，各有象在天，成形在地。下人之变，必形于上也。吾今观之，皆了了自识。"

他为她忧伤，为她快乐，为了她，他甘愿放下一切，包括利禄与功名。本该前程似锦的人生，因了她，多了几分诗情画意，少了几许尔虞我诈。为了她，他甘作一个小男人，永远站在她的身后，为她端茶倒水，为她红袖添香。

三

七夕那一天，他挑灯窗前，只为等她。月明星稀，乌鹊南飞，绕树三匝，何枝可依？他静静地坐着，任风吹拂衣襟，任月亮远上梢头，醉卧云端。"她怎么还不来？她怎么来得这样晚？是忘了我吗？还是……"他的心终于乱了,终于坐不住了,踱步窗前,兀自呢喃。直到她的倩影出现在眼前,他紧锁的眉头,才缓缓舒展开来。

他忍不住问她:"卿来何迟?"她笑着回答:"人中五日,彼一夕也。"不经意的回答,风轻云淡,宛然自若。他沉默良久,原来,他以为的一天一见,于她而言,是一天几见,如此频繁。他更加怜惜眼前的这个女子了,他在这一刻,也更加明白,她是爱他的。

一只七宝碗里盛满的,是柔情蜜意,是依依之情。他不知道当初是怎么接下这只碗的,他也不知道,当她转过身去,他从哪里来的勇气,让她飘然而去。前一天还是吴侬软语,前一刻还是无限希冀,他等她,只为了等一个如花美眷,只为了等一场春暖花开。可是,她来了,带来的,却是一个猝不及防的惊雷。

她说:"帝命有程,便可永诀。"声泪俱下的她,如一朵风雨中飘摇欲坠的昙花,他看得心惊,看得心碎。虽然他知道,他俩的结局早就注定了,只是却不曾料到,这一天,会来得这样早。他问:"尚余几日在?"对曰:"只今夕耳。"那一刻,天终于塌了,一直努力抑制住的泪水,终于决堤一般,从眼角留下来。他抱着她哭,泣不成声。

及旦,抚抱为别。她留下一只七宝碗,履空而去。离开前,她说:"明年某日,当有书相问。"原来,还有重见的机会,只是这一刻,他早已心肠俱损,不知今夕何夕了。

衣带渐宽终不悔,为伊消得人憔悴。素宣着墨,冷碗盛雪,七宝碗里的清水,映着琥珀色的月光,他在粼粼的涟漪里,看到了一张风华绝代的脸。是她,是她,一直是她,他的心心念念里,除了她,便再也容不下其他人了。

郭翰酬织女

唐·织女

人世将天上，由来不可期。
谁知一回顾，更作两相思。
赠枕犹香泽，啼衣尚泪痕。
玉颜霄汉里，空有往来魂。

他拥碗而眠，仅仅是因为这只七宝碗上，沾染了，她那温润如玉的体香。

他在等待约定的那一天的到来。

他一直相信，那一天，她一定会踏着七彩祥云，出现在，他眼前。

年华惊梦不如归

一

梦是什么？

谁也不知道。

这是一个很虚无的词，很缥缈的词。

是物质的还是非物质的？没人能给出答案，人们只能猜测、推想，企图将梦的神秘面纱揭开，事实证明，这是一件近乎不可能完成的事情，也许梦跟灵魂一样，等着被人发现吧。

古往今来，谁能拒绝做梦？

无论是悲伤的，快乐的，婉约的，豪放的，只要是一个人，梦就随时会出现。铁马冰河入梦来——这是陆游的梦，陆游的梦中，有苍山如海，有马蹄声碎……这是一个诗人的梦，更是一个臣子的梦，还是一个寻常老百姓的梦，"王师北定中原日，家祭无忘告乃翁"，纵然心在天山，身老沧州，这个梦一定会出现，哪怕只是在梦中。

也有人怕做梦。

现实中总有太多不如意事，因此许多人愿意在梦中，完成一场又一场的现实中的不可能。也因此才有了"醉生梦死"的说法，愿意在梦中，活在梦中，一直到生命的终结。

可是，有人拒绝了。

宴山亭·北行见杏花
北宋·赵佶

裁剪冰绡，轻叠数重，淡著胭脂匀注。
新样靓妆，艳溢香融，羞杀蕊珠宫女。
易得凋零，更多少、无情风雨。
愁苦，问院落凄凉，几番春暮？

凭寄离恨重重，者双燕，何曾会人言语？
天遥地远，万水千山，知他故宫何处？
怎不思量？除梦里有时曾去。
无据，和梦也新来不做。

是怎样的凄绝和无望,教一个人连梦也拒绝?

初见这首词时,便觉出了其中的无望,仿佛每一个字都在泣血,都是泣血的杜鹃。世事几轮回呀,当年南唐后主李煜一句"梦里不知身是客,一晌贪欢",不知牵动了多少人的心,若干年后,又一位帝王,竟也发出了这样的悲叹。

心疼宋徽宗赵佶。

我知道心疼宋徽宗的,不止我一人。

早早醒来,见朋友发了动态。

就说了一句话,"无据,和梦也新来不做。"

我知道,她在心疼一个人,心疼一个历史上的昏君。与她交流,她说,如果,如果宋徽宗不是皇帝该多好。

是啊,如果宋徽宗不是皇帝,该多好……那么人间,则又多出一名伟大的词人了。

喜欢宋徽宗。

喜欢这阕词。

更喜欢他的书法。

瘦金体——他独创的字体,只有,他一个人会。一个瘦字,分外嶙峋。瘦金体,这名字真好,也只有宋徽宗,才配得上这字体。

金——多么高贵的颜色啊,这是帝王的颜色,是至尊的颜色,可是,却瘦了,那么瘦,那么瘦,教人心疼,心疼又无奈。

瘦金体——短短的三个字,仿佛概括了宋徽宗的一生。宋徽宗的一生,不就是这个样子吗?曾写过一首诗,有一个句子是这样的,"枝上桃花春，枝下桃花冢"，他早已从枝头零落，仿佛从云端，倾泻下来的月光。流了一地，碎了一地，血肉迷糊。

凭寄离恨重重，者双燕，何曾会人言语——远来的燕子怎会说人话？就算会说人话，在与宋徽宗相见的刹那，想必也是无语凝噎了。

怎不思量？除梦里有时曾去——哪怕天遥地远，隔了万水或是千山，就是想再多看一眼。怎不思量？我知道，你放不下，也完全不敢放下，尽管自己是一位遭人唾弃的昏君，可是对江山的眷念，却是无比的深刻。所以，去了梦中，在梦中一晌贪欢。

待醒转时，如梦方醒，宋徽宗呵，你会不会幡然醒悟，后悔曾经做过的一切？都说佞臣当朝，其实只有你最清楚，究竟谁才是最大的祸端。所以你才说，"无据，和梦也新来不做。"

你怕再去梦中贪欢，遇见那个昏庸无道的自己。

那个昏庸无道的宋徽宗，早就已经死了。

你现在只是一只被人囚禁的飞鸟，世界那么大，而你明白，你已经失去了去看一看的机会了。

二

《唐宋词简释》中，唐圭璋这样说道："此词为赵佶被俘北行见杏花之作。起首六句，实写杏花。前三句，写花片重叠，红白相间。后三句，写花容艳丽，花气浓郁。'羞杀'一句，总束杏花之美。'易得'以下，转变徵之音，怜花怜己，语带双关。花易凋零一层、风雨摧残一层、院落无人一层，愈转愈深，愈深愈痛。换头，因见双燕穿花，又兴孤栖膻幕之感。燕不会人言语一层、望不见故宫一层、梦里思量一层、和梦不做一层，且问且叹，如泣如诉。总是以心中有万分委曲，故有此无可奈何之哀音，忽吞咽，忽绵邈，促节繁音，回肠荡气。况蕙风云，'真'字是词骨，若此词及后主之作，皆以'真'胜者。"

见了唐圭璋的简释，愈发觉出了宋徽宗的悲绝。

心惊于"羞杀"二字。

说的是杏花，其实也是他自己。杏花零落，春风谁主，在这浩荡的春天里，花气袭人又如何，终敌不过一场雨水的冲刷。雨停之后，落英一地，其中有你，也有那些不甘的灵魂。

知道了整个故事，再看题目时，竟生出了莫名的感伤。他说"北行见杏花"，北行？哪里是北行啊，分明是被俘虏了。曾经高高在上的帝王，这个时节不是狩猎就是游园，哪会受这仆仆风尘之苦？

见杏花，见的是落魄的自己吧？

愁苦，问院落凄凉，几番春暮——流水落花春去也，这满目凄凉，是无情风雨摧折了花枝，枝上香依旧，花已落如泥。

无据，不知何故的意思。

真的不知何故吗？只是不愿承认罢了。

无据这个词，有一种深深的哀怨在里面。

青玉案·一年春事都来几

宋 · 欧阳修

一年春事都来几？早过了、三之二。

绿暗红嫣浑可事，

绿杨庭院，暖风帘幕，有个人憔悴。

买花载酒长安市，又争似家山见桃李？
不枉东风吹客泪，
相思难表，梦魂无据，惟有归来是。

读了《宴山亭》，再见《青玉案》时，便觉得欧阳修的哀怨，实在是一种云淡风轻的闲愁。人生际遇的不同，才出现了两种不同的命运。宋徽宗极尽繁华之后，一下跌落风尘里，那种生之无望，想来只有他才会懂得。有句话叫"哀莫过于心死"，心若死了，那便星陨大地了。

还是欧阳修幸运，位极人臣倒是次要的，我倒是羡慕他那买花载酒长安市的生活。生活少不了闲愁，只要有了消愁的方式，那便成了生活的调味剂。哪怕举杯消愁愁更愁了，那又何妨呢，大不了继续消愁。

相思难表，梦魂无据，惟有归来是——想来他是为情所困了，那在绿杨庭院、暖风帘幕处，憔悴的人儿是谁？是他吗？还是那个让他魂萦梦绕的红粉佳人？

一年春事都来几？早过了、三之二——也许不是因为感情受挫吧，这句诗透露了他的心事，我看出来了。我想，他是在意自己吧，在意自己的年龄，在意自己不能给她一个完整的春天。这是一道坎，就算佳人愿意随他，可他迈不过心里这道坎的话，憔悴的人，便是两个人了。

梦魂无据，相思难表，从那绿暗红嫣处归来，一衫花气如心事，忍教东风吹客泪。

这两个命途迥异的男子，一为人臣，一为君主，无据的梦魂在那灯火阑珊处，随桃花杏花李花梨花一起，空留万古香魂在，结作双葩合一枝。

三

梦可以寻吗？

当然可以。

宋人王以宁在《念奴娇》中写道："说梦难听，闭门寻梦，肯念栖萍迹。"唐人李贺在《鼓吹曲辞》中写道："楚魂寻梦风飒然，晓风飞雨生苔钱。"明人何准道在《无题》中写道："几回寻梦到窗纱，轻薄东风送别家，弱水三千青鸟断，巫山十二碧云遮。"清人蒋敦复在《红窗睡》中写道："刚被红鹦呼欲起，奈小病、玉窗慵倚。纤腰重弹思寻梦，有些儿难记。"

寻的是梦吗？

我想是心事吧。

有些心事不能说，不可说，只能藏在内心里，等它生根和发芽。时间久了，就成了梦，去梦中寻找心事，寻找自己不曾见过的影子。

再别康桥

现代·徐志摩

轻轻的我走了，正如我轻轻的来；

我轻轻地招手，作别西天的云彩。

那河畔的金柳，是夕阳中的新娘；
波光里的艳影，在我的心头荡漾。

软泥上的青荇，油油的在水底招摇；
在康河的柔波里，我甘心做一条水草！

那榆荫下的一潭，不是清泉，是天上虹；
揉碎在浮藻间，沉淀着彩虹似的梦。

寻梦？撑一支长篙，向青草更青处漫溯；
满载一船星辉，在星辉斑斓里放歌。

但我不能放歌，悄悄是别离的笙箫；
夏虫也为我沉默，沉默是今晚的康桥！

悄悄的我走了，正如我悄悄的来；
我挥一挥衣袖，不带走一片云彩。

寻梦？撑一支长篙，向青草更青处漫溯。浪漫的徐志摩，载着一船星辉，送给那个远方的佳人。

都说徐志摩风流倜傥，我是感受到了，仅以这首诗歌，便足以感受这位诗人骨子里的浪漫。他是风流的，亦是多情的，他在最情深时，愿意放下一切，倾尽所有爱一个人。

喜读他的文字。

尤其《爱眉小扎》。

那些肉麻的话啊，俏皮的话啊，也就他敢说出来了。爱一个人就要大声说出来，他说得比谁都大声，比谁都深情。

《爱眉小扎》里，他说："今天早上的时刻，过得甜极了。只要你、有你，我就忘却一切，我什么都不想、什么都不要了，因为我什么都有了。"

他还说："眉，我真心的小龙，这来才是推开云雾见青天了！我心花怒放就不用提了。眉，我恨不得立刻搂着你，亲你一个气都喘不过来，我的至宝，我的心血，这才是我的好龙儿哪。"

阅读的时候，头皮都炸了。

这样的露骨，这样的情话，简直就是一团火，燃烧了整片天空。无怪乎郁达夫会说："志摩热情如火，小曼温柔如棉，两人碰在一起，自然会烧成一团，哪里还顾得了伦教纲常，更无视于宗法家风。"

他俩的爱情，如此惊天动地。

徐志摩寻到了梦，他的梦就是陆小曼。

陆小曼也是爱他的，两个人相爱，就像天与地在一起，那么的自然。陆小曼对他的爱，是深爱，深深地爱着，深深地喜欢。后来，徐志摩去世后，陆小曼为了纪念徐志摩，整理出版了《爱眉小扎》，她将他俩的恋情公之于众，她要让大家知道，她对他的爱，并不比他差。

陆小曼写了副挽联："多少前尘成噩梦，五载哀欢，匆匆永诀，天道复奚论，欲死未能因母老；万千别恨向谁言，一身愁病，渺渺离魂，人间应不久，遗文编就答君心"。

万千别恨向谁诉,且以深情慰君心。这一段爱情,那么刻骨,那么铭心,深如一潭水,明月漾如眸。如他的眸,也如她的眸。

四

寻梦者归来,一院花满枝。

寻到梦的人是幸运的,寻不到的,行在人间,种自己的花,赏自己的春。

做一个寻梦的人也挺好。

至少还有梦可寻。

如果如宋徽宗那般连梦也不敢寻了,人生得多么的黯然失色呀。画家老树有一句诗让人印象深刻,他说:"什么最重要,周末睡大觉。"一下子击中人心,这是我的梦啊,看来,我也要寻梦去了。

除了寻梦,还有惊梦。

一个惊字,石破天惊。

喜欢昆曲。

不会唱,只会听。

听《桃花扇》,也听《长生殿》,听《玉簪记》,也听《一捧雪》……当然最喜欢听的,还是《牡丹亭》,尤其其中的《游园惊梦》。

最早见到"惊梦"这个词,就是因为《牡丹亭》。

"原来姹紫嫣红开遍,似这般都付与断井颓垣。良辰美景奈何天,赏心乐事谁家院……"最初的最初,惊艳于这一段小曲,曲牌名至今犹记得,叫《皂罗袍》。后来听多了,便更加欢喜了,每一个曲子都是那样好,仿佛每一曲每一段每一个唱词,都酥到心头去了。

其中有个曲牌叫《山桃红》:"则为你如花美眷,似水流年,是答儿闲寻遍,在幽闺自怜。转过这芍药栏前,紧靠着湖山石边,和你把领扣儿松,衣带宽,袖梢儿揾着牙儿沾也。则待你忍耐温存一晌眠。是那处曾相见?相看俨然,早难道好处相逢无一言。"

这才晓得,原来经常提到的"如花美眷,似水流年",竟是出自《桃花扇》。

这算是一段艳词了。

写得忒大胆。

不过还是俏皮气多些。

我问"哪处曾相见",你却说"好处相逢无一言",这样的对话,生动而有趣。

有人说《惊梦》是《牡丹亭》点睛的一笔,确实是这样,若缺了这一段,整个《牡丹亭》就寡味许多了。

惊梦,惊了谁的梦?那个误入藕花深处的人,争渡也就罢了,还惊起了一滩鸥鹭。有几只鸥鹭一定正做着梦吧,突然被惊醒,想必哭的心都有了。想到这里,不禁哑然失笑。

惜分飞·惊梦

清·李雯

茅店星稀人静后,正是相思初透。
梦绕风林骤,暗怜孤影清宵瘦。

游仙半枕红妆就，蝴蝶栖香未久。

惊起披襟袖，桃花泪染看依旧。

李雯的惊梦，则笑不起来。惊梦已惹人怜，更何况词牌名的名字，叫作《惜分飞》呢。

《惜分飞》还有几个名字，叫《惜双双》，也叫《惜芳菲》。

茅店星稀人静后，正是相思初透——将《惜分飞》与"相思透"组合到一起，让人不禁暗想：难道如花美眷，不能比翼双飞？后面的文字证实了我的想法，果然，是这样。

在这个月明星稀的夜晚，乌鹊南飞了没有谁也不知道，但在这夜深人静的时候，孑孑孤影，月下成单。红豆生南国，春来发几枝，今夜无心采撷，只想静静守着那红透了的相思，为伊消得人憔悴。

风过林梢，梦被惊了，红妆佳人何在？只见蝴蝶匆匆而来，匆匆而去，花朵上尚留有它的体香，而它却已经没了踪迹。

惊梦愁心各黯然，暮春华发总堪怜，桃花依旧和泪看，叹无佳人在身边。都说"情不知所起，一往而深"，也许只是萍水相逢吧，便再也忘不了了，忘不了那人的一颦一笑，忘不了那人的眉眼如烟。

人面不知何处去，桃花依旧笑春风，你知道或不知道，我都思念着你，你天涯或者海角，我都牵挂着你。一寸相思一寸灰，这一份相思，是如水的月光，倾泻在人间大地上。

横林渺渺夜生烟，野水茫茫远拍天，菱唱一声惊梦断，始知身在钓鱼船。也许过尽千帆皆不是，但一定不要放弃，也许过不了多久，你我会在某个不知名的水上,相见或者重逢。彼时,你我同船渡,执手看尽人间繁华。

彼时,相思红透,不再分飞,何辞人间宵吟久,年华惊梦不如归。

消受村居一味闲

一

"村"字有乡野气,有素素的时光在里面。

"村"字有远意,这种远,不是千山万水,也不是层峦叠嶂,是我看得见你,却触摸不到你的那种远。

"村"字有一种亲切感,很熟悉,很熟悉。

"村"字是一颗软绵绵的棉花糖,咬上一口,含在嘴里,那种怡人的甜啊,一下子化作春水,流到人心里。

所以见到"村"字时,仿佛见到了故人。

什么样的故人?

就是很久没见面的那种,也许是一个月,也许是一年,甚至更久。相遇时只要点点头,互递一个眼神,然后擦肩而过,渐行渐远渐无声。过多的交流是多余的,也不需要寒暄,就这样做看各自的事,走着各自的路,那便足够了。这就是故人。

一点也不陌生。

我说得是村子。

总觉得村子是一座孤岛,所有人都在这座孤岛上求生。村子是一个野孩子,无拘无束,自由自在,长大了也是野孩子,是老小孩,野气得很,这种野气,与小镇的不一样。

　　或者说小镇就没有野气。

　　小镇有旧年代的味道。

　　村子从古至今,就是那味道,乡野的味道,从未改变过。所以遇见"村居"这个词语时,一下子美从中来,这是一种素素的美,纯粹的美。

　　"村里有个姑娘叫小芳,长得好看又善良,一双迷人的大眼睛,辫子粗又长……"听了无数遍的一首歌,还是喜欢听,以前打开收音机,一村子人围着听,现在下到手机里,一个人在村里听。

　　在田坎上听,在山野上听,在麦地里听,也在插秧时听……听老歌如喝清茶,十块钱一斤的那种,大口大口的喝,不用品,品了就没了粗犷的味道了。

　　曾写过一首诗,题目就叫《村居》。

　　写一个村子。

　　也写一个村子的人。所有人。

村居

我大喊一声

无人回应

再喊一声,还是如此

我走走、停停、吟吟、唱唱

我哭,然后笑

悲,然后喜

我打猎

猎兔子也猎野鸡

我爬树

桃、李、梨、松

杏、椿、柏、桦

还有梧桐、海棠、柿子树……

走在田坎上,我寻找鱼腥草

或者野芹菜

鹰带走了云朵

太阳

在另一座山峰上

不远处

炊烟渐起,牛羊归家

一只鸟盘旋天上

久久鸣叫

无人回应

这就是生活,村居的生活。如果你愿意,可以很罗曼蒂克,也可以很乌托邦。

在村子里生活了很久。村居的日子，真的淡如水，有人恐惧日复一日的生活，有人说，每一天都是一样的，那有什么意思。村居的日子，并非是这样，它只是提供了一种可能：在你力所能及并且愿意的情况下，你可以过上自己想过的生活。可以淡如水，也可以惊涛拍岸于某个宁静的一天。

现在的村子越来越远了。

让人既陌生又熟悉。

如果你身在城市，并且生活了很多年，不妨到乡野间走一走，去见见村子这位故人，它在等着你，一直等你来。

二

这是现代人的村居，那么宁静，那么祥和。那么古代的村居又如何呢？

这是个毫无意义的问题。

村居的日子，其实都一样，不一样的是，村居的人不同，因此对于村居的感受，也就各不相同了。

很早以前就学过关于村居的作品了，是在中学的时候，相信很多人都有印象，它叫《清平乐》。

没错，作者就是，辛弃疾。

清平乐·村居

宋·辛弃疾

茅檐低小，溪上青青草。
醉里吴音相媚好，白发谁家翁媪？

大儿锄豆溪东，中儿正织鸡笼。
最喜小儿亡赖，溪头卧剥莲蓬。

很清新的文字。怎么个清新法？当然是春风拂面的感觉，那么轻，那么柔，似有似无的感觉，实在是美妙。

也是溪水轻轻漫过脚踝的感觉，酥酥的，痒痒的，那么的销魂，那么的美妙。

这样的清新，有一种无端的好。

如果久在车水马龙中，久在灯红酒绿里，长期浸淫于纸醉金迷的幻梦中，如抽鸦片一样，那么一个人的精神，早已麻木不堪了。这时候，需要一盏清茶，养养心，清清脾，把自己浸在春水里，鱼一样游来游去，寻回迷失已久的灵魂。

印象中的辛弃疾，是个久战沙场的人物，读至这首词时，不免有些讶异，这明显有些不对啊。但细思一下，又觉得理所当然，于是翻了他的集子，发现这样的作品，竟然不在少数。

久经沙场，卸甲归田，有多少人能够做到？这样一个小小的梦想，于那个时代而言，实在是一个痴心的奢望。

由于受到义和派的排挤，一心主战的辛弃疾愤懑不已，却又无可奈何，于是归隐田园，将自己白鹤一样，放养于山野之间。

这也是辛弃疾难得的时光了，不再步步为营，不再尔虞我诈，卸下一身疲惫与不堪、官职与仇恨，回到这个陌生又熟悉的地方。陌生又熟悉，这感觉让人恍如隔世，如今回来了，一切如旧吗？

这首《清平乐》，以口语入诗。

语浅而味深，这是我喜欢它的最大的感受。

《艺概·词曲概》中，刘熙载说，"词要清新""澹语要有味"，一下子找到了知音，刘熙载说的，就是我想说的。

茅檐低小，溪上青青草——很日常的风物，随处都是，正因为日常，太日常了，才生动起来。一个老头瞥了眼茅檐，也许发现檐下有鸟巢，巢中雏燕争鸣，嗷嗷待哺，于是猜想燕子应该出去觅食了。老头担心燕子归来很晚，于是拾了些剩饭，架上梯子，为雏燕们喂食……这个老头，就是辛弃疾。

辛弃疾行行复行行，看看复看看，"大儿锄豆溪东，中儿正织鸡笼，最喜小儿亡赖，溪头卧剥莲蓬"，这些生动的景象，让他忘记了此前的以往。此时，他只是一个普通的老头，天下大事与他无关，朝廷兴衰与他无关，他简单地生活着，晨兴理荒秽，带月荷锄归。

"这才是生活啊。"也许见了这些景象后，辛弃疾由衷地发出了这样一声嗟叹。

晚吗？

不晚。

鬓已星星了又如何，做个白发老先生，在这村居的日子，教人识识字，偶尔下下棋，煮煮茶，温温酒，便是恣意的生活了。

三

村居的日子,可以如酒,也可以如茶。都说人间有味是清欢,清欢是什么,是柴米油盐酱醋茶,也是诗书礼乐和春秋。

明代诗人萧蕃的村居,有一种别样的风味。

西泺渔樵

明·萧蕃

一湾碧水漾清波,野舍村居趣更多。
烹鲤采薪随处乐,渔歌咏罢听樵歌。

以一湾碧水酿酒,岁月是酒曲,明月是酒缸,取什么名字好呢?就叫"漾清波"吧。微漾的清波,萦回酒杯里,咂一口人间如梦亦如幻,再咂一口,则是除却巫山不是云。

野舍,这名字很野气,像一个不识字烟波钓叟。不识字又何妨,且入深山里,云深不知处,乏了的时候,寻一株松树坐下,与老松对话,闲说风雨。渴了的时候,取二三竹叶掬水,水是清溪水,味甘而清洌。

如果馋了,且钓鱼去。孤舟蓑笠翁,独钓水中鱼,那鱼的肚子里没有尺素书,有的,是一河的灵气与光阴。

烹鱼——有什么典故吗?有也不需要。就这样单纯地烹鱼,然后,开饭。最好小酌两杯,最好就在岸边上,吃一口听一声渔唱,吃一口再听一声樵歌。

什么是岁月静好?这就是了。遂了自己的意,一切,都是那么美好。

村居图

明·童轩

鸟外斜阳一水明,村居深掩数峰青。
落花寂寂春归尽,载酒无人到草亭。

这是文人式的村居,这样的日子,是有雅意的。

鸟外斜阳一水明,村居深掩数峰青——早已辨不清这是诗还是画了,是画吧?这泼墨的光阴,实在雅出诗意来。山抹微云,天连衰草,飞鸟声断斜阳,水中夕晖无数,泛起粼粼波光。最动人的,是那数峰青,想要深掩的数峰青,欲隐欲现,让人看也不是,不看也不是。

落花寂寂春归尽,载酒无人到草亭——这寂寂的时光,全在落花中欲语还休,你听得见吗,看得见吗,春天的脚步声就这样近了,近了又远了。流水落花春去也,管什么天上还是人间,随它去吧,且携酒到那无人处,与青山对饮,与落日对饮。醉了,就横卧草亭里,如果下雨了,就让它下吧,在醉中听雨,一定也是诗意的。

桂枝香·寄友村居

明·张逸

天高气肃,正一派秋声,悲吟万木。
潇洒远山抹翠,澄溪漾玉。
故人家住残阳外,小枫村、低低茅屋。

烟生芦渚，霜沾菊圃，酒香茶熟。

疏篱畔、山中野服，想竹栏琴韵，松窗棋局。
四壁清幽，闲挂云林几幅。
鲤鱼风起天横雁，待一叶寻他剡曲。
开樽长啸，池边蟹紫，墙头橘绿。

写这阕慢词时，张逸一定是动心的。他一定羡慕并且向往"开樽长啸，池边蟹紫，墙头橘绿"的生活。

待一叶寻他剡曲，寻也是一件烦心的事，几时自己拥有了，也就不用再寻了。况且，寻也不一定寻得到吧，这样的事情，是可遇不可求的。

远山抹翠，澄溪漾玉，见到这两句，我也心动了。

抹翠与漾玉，教人心心念念了，便停不下来了。于是，心头、脑中甚至是梦里，全是抹翠、漾玉的画面。

你能够想象出这样的画面吗？翠该怎样抹才好看，水该怎么漾，才能漾出佩玉的样子？一切只能想象，只能用意念，创造出一方只属于自己的小天地。在这方天地里，有烟生芦渚，有霜沾菊圃，有酒香也有茶熟。

何妨花气沾衣久，消受村居一味闲，台湾诗人席慕蓉曾说："细致的草木，是一些细致而又自足的灵魂。"在村居的日子里闲话渔樵，如果灵魂如草木一样生根，那么，就别离开了。

就留在静美的岁月里一千年一万年吧。

帕罗香软衬金荷

一

用手帕的人少了,这实在是一种遗憾。手帕,多么好的物什,将之捏在手心里,有光阴的味道。光阴的味道,就那么一点点,也便足够了。

曾用过手帕,方方正正的一张,上面刺了绣,是野鸡飞上天的画面,还有白云几朵,孤岛一样,散落在天空的几个角落上。

手工不是很好,尤其刺绣,刺得不是很精致,但是却很喜欢,就喜欢这感觉,手工的东西尽管此差彼坏,但贵在有心意在里头。

结婚的时候,也要发帕子。

叫喜帕。

包裹着糖果,一并发给孩子们。

这时候的帕子,里头包裹的,不只是糖果,更是喜气与幸福。孩子们沾了喜气,可以更好的成长,这是老一辈人说的,我相信是这样,手帕带有这样的使命,天生的。

如前面说的,手帕,有心意在里头。

那心意,化作一缕缕丝,一匹匹帛,然后裁成锦,裁成帕,捏在手心里,有无限的柔情在晃荡。

遇见一段文字。

是元曲。

行走在这方手帕上,千山万水也不过是天涯咫尺,说什么一弦一瑟思华年,管什么豆蔻梢头二月春,在这方手帕上,风是云的盼归人,蝶是花的赏心者。

殿前欢·离思
元·张可久
月笼沙,十年心事付琵琶。
相思懒看帏画,人在天涯。

春残豆蔻花,情寄鸳鸯帕,香冷荼蘼架。
旧游台榭,晓梦窗纱。

很多人喜欢宋词,很多人喜欢唐诗,身边的许多人,并不喜欢元曲,说是太俗了,一点也不优美。

实在是冤枉。

真的是冤枉。

被误解的元曲,其实有大美啊,只是隐在了唐诗宋词夺目的光晕下,不显山也不露水。但正因如此,初见元曲的时候,才有了小家碧玉的感觉。

打个比方说,唐诗是贵妇人,是贵妃,是娘娘,那么雍容华贵,那么端庄贤淑,是高贵的牡丹,可远观而不可亵玩。

宋词是小姐,出生于书香门第,待字于香闺之中,那么知书达礼,那么得体大方。仿佛门庭间的一朵幽兰,有怡人的香气,有柔软的内心。

元曲不一样。

在唐诗宋词间行吟久了,突然见到元曲,一下子春风拂面,一下子精神抖擞。元曲是小家碧玉的,是天地间的小桥流水,是一位爱笑的村姑娘,一举手一投足,都有无限的清新在里面。

十年生死两茫茫,不思量,自难忘,心事如霜,随月付苍茫。是谁怀着心事,弹一曲琵琶?别再半遮面了,就懒懒散散地坐着、抱着、弹着、念着……将重重心事,与潮湿的河沙一起,笼罩在冰凉的月光中。

月光冰凉吗?是微凉吧!

风也微凉,雨也微凉,夜也微凉,心亦微凉。微凉的,是相思初透后的怅惘,是泼墨帷画后的彷徨。但是我知道,微凉的,是一个人的孤与独,是一个人的爱与哀愁。

风微凉

不要太迅猛

要轻轻的、缓缓的

要若无其事的,甚至是不经意的

要慢一点

要很温柔地,吹皱一池春水

月上柳梢时

要不急、不躁,不缓、不慢

也不要回头

我怕你一回头

就舍不得离开

这是多年前写的一首诗,有美一人,在水一方,她听见关雎了吗?如果没有,一定遇见微凉的风了,它带着我的心事,我的相思我的思念,去那个很远很远的地方。再远也要去,仅仅是因为,那远方有你。

二

春残豆蔻花,情寄鸳鸯帕。

对于豆蔻花,有一种情有独钟的情愫。这个词很动人,是春天里的一朵花苞,我总觉得,花朵将开未开的样子,最是好看了。

有一个词叫豆蔻年华。

多少岁呢?

十三四岁的年纪。

这时候的女子青春正好,那活泼劲儿,那可爱劲儿,教人欢喜一笑,一切尽在不言中。后来,豆蔻不再特指十三四岁了,成了一个统称:青春。

豆蔻年华的女子,不再懵懵懂懂,情愫暗暗生出,知道喜欢一个人的滋味,也知道喜欢一个人的美好。当然是美好。日思夜想的是那个人,心心念念的是那个人,就连做梦的时候,梦到的还是那个人。

情寄相思帕——在帕上绣一对鸳鸯,送给那个思念的人儿。可是却又不敢送,万一他拒绝了怎么办?万一,他有了别的心上人,怎么办?

这样的心思真是美好,每个人都有过患得患失的时光,生怕对方有了心上人,又生怕对方不知道自己的心意。

有一首诗很有趣。

是关于罗帕的。

素帕

明·杨慎

不写情词不写诗,一方素帕寄相思。

郎君着意翻复看,横也丝来竖也丝。

不婉约的文字,有时候读来,别有一番滋味。

这是杨慎见了自己妻子寄来的一方白帕后所写的,他的妻子叫黄娥。

关于黄娥的信息很少,她只是历史洪流里的片羽吉光,留下一个刹那,然后转身离开。但是我知道,这个黄姓的女子,是一个深情的女子。

有一句话叫"嫁鸡随鸡嫁狗随狗",话虽然糙,但是确实是这个理,自从黄娥嫁给了自己的夫婿,她便整个身心都系在了他的身上。

她的丈夫是幸运的,也是幸福的,能够娶到这样的娇妻,实在是上辈子修来的福气。

杨慎是明代三大才子之首。按理说嫁给这样一个才子,生活应该很美满,所有事情顺风顺水,也是自然而然的事。但事实并非如此,才子佳人成双对是不假,只是,只是,多少风波让多少才子佳人劳燕分飞。

杨慎因为仗义执言,被遣戍滇南,饱受相思之苦的黄娥,为了表达自己的心意,便寄了一方无字无画的白色手帕,寄给那个远在天涯的杨慎。

很多人都不明白这是什么意思，初见时杨慎也不知道，后来左看右看，才明白了妻子的良苦用心。到底是心心相印啊，他微微一笑，执笔写下了《素帕》这首诗。黄娥的心意只有他才会懂得，于是他写道："郎君着意翻复看，横也丝来竖也丝。"

那横也丝来竖也丝啊，就是横也思来竖也思。

什么是伉俪情深，这就是！人生中能够遇到一个不离不弃的人是一件多么幸运的事，如果遇见了，请一定珍惜。请一定，好好，珍惜。

三

琼剧中有一出戏，叫《诗帕情》。名字很素很寻常，如一方素帕，但听了之后，才觉出其中的好。

关于《诗帕情》，有这样一个简概："书生周士卿与师妹柳玉琴情深意笃，赴考前特把诗帕赠予柳玉琴盟誓订婚。他离开后，柳玉琴因遭强暴而跳河自尽，获救后以卖唱为生。次年，周士卿考中探花后准备回乡完婚，得知柳玉琴自尽后发誓终生不娶，却在一次宴席上遇见柳玉琴。双方解除误会后，柳玉琴把儿子周必正托付给周士卿，自己入庵为尼。十八年后，周必正考中状元，阴差阳错几番周折后终于与母亲相认，结局皆大欢喜。"

以帕寄意，古来不少，在当今这个时代，手帕已经不多见了，被纸巾所取代实在是一种悲哀，那种横也丝来竖也丝的绵绵情意再也寻不到了，如果有一个人送了你一方手帕，千万不要多想，她或者他，就是喜欢你。

《红楼梦》中，也有以帕寄意的描写。

宝玉便悄命晴雯吩咐道："你到林姑娘那里看看他做什么呢。他要问我，只说我好了。"晴雯道："白眉赤眼，做什么去呢？到底说句话儿，也像一件事。"宝玉道："没有什么可说的。"晴雯道："若不然，或是送件东西，或是取件东西，不然我去了怎么搭讪呢？"宝玉想了一想，便伸手拿了两条手帕子撂与晴雯，笑道："也罢，就说我叫你送这个给他去了。"晴雯道："这又奇了。他要这半新不旧的两条手帕子？他又要恼了，说你打趣他。"宝玉笑道："你放心，他自然知道。"

"你放心，他自然知道。"以帕寄意，你懂我懂。

林黛玉的心思也是极有趣的："宝玉这番苦心，能领会我这番苦意，又令我可喜；我这番苦意，不知将来如何，又令我可悲；忽然好好的送两块旧帕子来，若不是领我深意，单看了这帕子，又令我可笑；再想令人私相传递与我，又可惧；我自己每每好哭，想来也无味，又令我可愧。"

左思右想之下，林黛玉提起笔来，将那心事心思，化作一纸笔墨。不，不是一纸，是一帕。不，不是一帕，是三帕。

题帕三绝

林黛玉

其一

眼空蓄泪泪空垂，暗洒闲抛却为谁？

尺幅鲛绡劳解赠，叫人焉得不伤悲！

其二
抛珠滚玉只偷潸，镇日无心镇日闲。
枕上袖边难拂拭，任他点点与斑斑。

其三
彩线难收面上珠，湘江旧迹已模糊。
窗前亦有千竿竹，不识香痕渍也无？

将心事题在手帕上，那字字有情，情深意长。一直喜欢林黛玉，她那"心较比干多一窍，病如西子瘦三分"的形象，让人心生怜惜。

今世相遇，只为还前生一场深恩。彼时，林黛玉还是仙境的一株绛珠仙草，贾宝玉还是赤瑕宫的神瑛侍者，只因一场灌溉，从此缘定今生。

题了绝句后，《红楼梦》这样写道："林黛玉还要往下写时，觉得浑身火热，面上作烧，走至镜台揭起锦袱一照，只见腮上通红，自羡压倒桃花，却不知病由此萌。"一下子内心悲伤，自羡压倒桃花的林黛玉，那么娇艳那么美，却完全不知道自己以后的命运。

不知道也好。

知道了，也就心死了。

绿蚁频催未厌多，帕罗香软衬金荷，从教弄酒春衫涴，别有风流上眼波。心疼林黛玉。多希望她能够活出自己的样子，活出一段静好的豆蔻芳华。

第四卷
再回首・凉影浮上绿萝衣

风前一雁落彤弓

一

写了这么久,头一次写到弓。

"弓"字,有一股苍劲的力量在里面,看不到,可是,却能感受出来。

《说文》中说:"弓,兵也,所以放矢。"于是,给它安了属性,它是兵器。简洁,而且,明了。

不太喜欢这样简单地介绍,它是一名将军,战功卓著,九死一生,怎么可以就这样一笔带过?于是,翻文倒句,终于在《说文解字》中,又找到一句话。

《说文解字》说:"弓,以近穷远。"以近穷远,这才是弓呀,"穷"字极妥帖,"远"字极真切,仿佛一位将军,穷尽一生,征战沙场,只为一场华丽的胜利。

唐代文人段成式在《酉阳杂俎·诺皋记》中,有这样一段记载:"谓有士人醉卧,见妇人踏歌曰:'舞袖弓腰浑忘却,蛾眉空带九秋霜。'其中双鬟者问如何是弓腰?歌者笑曰:'汝不见我作弓腰乎?'乃返首髻及地,腰势如规。"

舞袖弓腰,可谓绝配。

舞袖,当然是风中舒广袖的女子,是佳人的代称。弓腰这样子真是有趣,弓着腰看那士人醉醉地躺卧在地上,忍不住掩面偷笑的样子,实在是诱人。如果这时候士人醒转过来,见着偷笑的女子,会是一个怎样的场面?想必女子定然羞上心头,满腮绯红吧。

也许二人就此相识也不一定,然后相知相爱,相守相伴,执手一生,白发齐眉。这,挺好,不是吗?尽管,只是我的一厢情愿。

见到一个词,叫弓鞋。

也就是古代女子的鞋。

是缠过足的女子,那小脚呀,那么小,那么巧,仿佛一瓣莲花,轻轻落在苍茫的大地上。凌波微步的女子,穿的一定是弓鞋,唯有这样,才有意境。

踏莎行·凤髻堆鸦

宋·张魁

凤髻堆鸦,香酥莹腻。雨中花占街前地。
弓鞋湿透立多时,无人为问深深意。

眉上新愁,手中文字。如何不倩鳞鸿去。
想伊只诉薄情人,官中不管闲公事。

凤髻堆鸦,香酥莹腻,这样的女子,实在是美艳。也许是个肤若凝雪的女子吧,也曾纤手破新橙过,也曾约伴斗春草过,而此时,并没有那样的闲情,她只是静静地立在细雨中,与那雨中花,相互对视着。

弓鞋湿透立多时，无人为问深深意——是了，一个人，就一个人，静静地立着，无人管无人问，甚至无人看，内心的心事兀自芬芳着，雨打风吹去，佳人独自赏。

那深深意究竟有多深？如桃花潭水那般深吗？还是深得连自己都不敢知道，深怕自己知道了，便溺死在了里面。

眉上新愁压旧愁，手中文字泪中书，想必手中的笔也为她感伤了，那文字呀，是心事如花，花开复花落，有人独断肠。

眼光聚焦在"鳞鸿"二字上。

鳞者，鲤鱼也，古人曾有"客从远方来，遗我双鲤鱼，呼儿烹鲤鱼，中有尺素书"的句子，尺素书是什么，是写着思念的情书，是载满相思的信笺，所以尺素书的后面，还有"长跪读素书，书中竟何如，上言加餐食，下言长相忆"的句子。

鸿者，鸿雁也，一代女词人李清照曾在《一剪梅》中写道："红藕香残玉簟秋，轻解罗裳，独上兰舟。云中谁寄锦书来，雁字回时，月满西楼。"鸿雁，同样也是传信的使者。

如何不倩鳞鸿去——那手中的文字，到底让不让鳞鸿捎去，就算捎去了，心心念念的那个人，他收得到吗？

想伊只诉薄情人，官中不管闲公事——所有的心事，只想说给那个人听，可是那个人这么久了还没归来，他是忘了我吗？如果他是个薄情之人怎么办，府衙也不管这样的事情啊。

看到"薄情人"三字，有些莞尔，也有些担心。莞尔的是，这女子那么痴，那么患得患失，实在是可爱。担心的是，万一那男子真是个薄情的人，女子该怎么办？一片痴心如此月，夜夜只为那人明啊。

心里也着急。这个穿着弓鞋的女子,快快回屋去吧,万一着了凉,生了病,岂不苦哉?

弓鞋湿透立多时,无人为问深深意,何苦来哉,何苦来哉。

二

弓鞋的确好看,带着说不清道不明的美感,但缠足多痛苦啊,如果有得选择,那就别穿了,让弓鞋的美留在诗词中,留在历史的烟云里吧,只要偶尔去感受一下,便也是此生的幸运了。

说回"弓"字。

第一次遇见弓,是在苏东坡的文字里。

江城子·密州出猎

宋·苏轼

老夫聊发少年狂,左牵黄,右擎苍。

锦帽貂裘,千骑卷平冈。

为报倾城随太守,亲射虎,看孙郎。

酒酣胸胆尚开张,鬓微霜,又何妨?

持节云中,何日遣冯唐?

会挽雕弓如满月,西北望,射天狼。

写这首小令时,苏东坡已经四十岁了。

这首短短的小令,可以用四个字来形容读完的感受,叫"酣畅淋漓"。是一口气读完的。必须一口气读完,不然便"再而衰,三而竭"了。

一口气读完。

完全不用品。

都说诗词是用来品读的,但用在这首词上却不合适。这首小令只需要读,大声地读出来,其中的气势,其中的情感,完全行云流水般,一泻千里,势不可当。

这是苏东坡的得意之作。

苏东坡也有虚荣心的,事实上,很多人都有。

他给一位远方的朋友写信:"近却颇作小词,虽无柳七郎风味,亦自是一家。呵呵,数日前,猎于郊外,所获颇多,作得一阕,令东州壮士抵掌顿足而歌之,吹笛击鼓以为节,颇壮观也。"苏东坡一时得意,引以为豪,也许他自己也不知道,这一首志得意满的小令,竟跳脱出"诗庄词媚"的传统观念,从而拓宽了词的境界。

会挽雕弓如满月,西北望,射天狼——苍劲的气势仿佛龙卷风,从这句诗里呼啸而过,山摇地动不在话下,也许出现的电闪雷鸣,是上天为这道凌云的豪气鼓掌欢呼。

左牵黄,右擎苍,戴锦帽,着貂裘,这个样子的苏东坡,实在英气十足。在千骑的簇拥下出城狩猎,踌躇满志犹如火把,点红了满天的云霞。

苏东坡知道自己老了,老了不可怕,可怕的是,心也老了,于是他对部下说:"酒酣胸胆尚开张,鬓微霜,又何妨?持节云中,何日遣冯唐?"这话,是对部下说的,也是对自己说的。

祭常山回小猎

宋·苏轼

青盖前头点皂旗,黄茅冈下出长围。
弄风骄马跑空立,趁兔苍鹰掠地飞。
回望白云生翠巘,归来红叶满征衣。
圣明若用西凉簿,白羽犹能效一挥。

苏东坡的豪气,与酒相关的话,则是"何日功成名遂了,还乡,醉笑陪公三万场。"与弓有关的话,则是"门外行人,立马看弓弯。十里春风谁指似,斜日映,绣帘斑。"

弓是苍劲的,他的文字也是苍劲的,甚至人生也是苍劲的。这个"圣明若用西凉簿,白羽犹能效一挥"的苏东坡,必能"弄风骄马跑空立,趁兔苍鹰掠地飞"。

三

关于"弓"字,最美的遇见,其实是在《诗经》里。
《诗经》是一座宝库,惊世的宝贝呵,应有尽有。

小雅·彤弓

彤弓弨兮,受言藏之。

我有嘉宾，中心贶之。
钟鼓既设，一朝飨之。

彤弓弨兮，受言载之。
我有嘉宾，中心喜之。
钟鼓既设，一朝右之。

彤弓弨兮，受言櫜之。
我有嘉宾，中心好之。
钟鼓既设，一朝酬之。

读懂这首诗，首先要知道"彤弓"是什么。从字面上解释，"彤弓"就是"漆成红色的弓"，在先秦那个时代，彤弓并非什么人都能用，这是天子赏赐给有功的诸侯的，所以彤弓从一定意义上讲，是身份的象征。后来诸侯没有了，于是有功的臣子，也有了获赐彤弓的机会。

为什么喜欢这首诗？

也许与虚荣心有关吧。

这首诗其实很简单，仅仅描写了天子宴请诸侯的景象。为什么宴请，当然是庆功了，那个有功的诸侯，此时一定受宠若惊，能够得到天子的赏赐，实在是一件欢喜的事情。

有意思的是，这首描写宴会的作品，没有以宴会的场面作为开头，而是从彤弓开始，然后一步一步地，引到宴会这件事情上。"弨"是弓弦松弛的样子，堂堂一位天子，将弓弦松弛的彤弓赏赐给功臣，这是为什么？其实这里隐藏的意思是，彤弓的弓弦松弛了，也就派不上用场了，这是希望以后不会发生战事的期盼。

受言藏之，受言载之，受言櫜之，这几句也很有意思，大意就是功臣将彤弓好好收藏于祖庙中，功臣将彤弓恭恭敬敬地放在车上带回去，功臣将彤弓小心翼翼地放进装弓的袋子里。这样的描写，层次感很强，将受赏的功臣对彤弓的珍惜，生动地展现了出来。

诗中反复写了"我有嘉宾"这句话，"我"是谁？这个很显然，是天子的代称。天子不厌其烦地说"中心贶之""中心喜之""中心好之"，其实是在交代那位受赏者：你一定要好好收好它，你一定要喜欢它，你一定要从心里赞赏它。

很有趣的画面，不是吗？

应制赋射弓诗

宋·杨亿

水涨方塘绿，花开禁籞红。
同瞻万乘主，亲御六钧弓。
曲应䮷虞节，春回太皞功。
还须殪大兕，何只落惊鸿。
一箭天山定，三边虎穴空。
浔阳射蛟者，宁与此时同。

天子手把手唠叨个不停，也就《诗经》里才会出现了，这首《应制赋射弓诗》，皇帝可能刚赏赐下来，便退朝回宫了，只剩下内心激动的功臣，拿着彤弓兴奋不已。

一箭天山定，三边虎穴空，这句诗写活了这位功臣的心理活动，他一定拿着彤弓，暗暗咬牙发誓：我一定拿着彤弓，建立惊人的功勋，一定不负皇上期许，不让皇上失望。

云里六龙移彩仗，风前一雁落彤弓，露凝松柏垂垂白，日映旌旗猎猎红。"弓"字苍劲，有无穷的力量，催动人们建功立业。如果岳飞受赏了一把彤弓，而非十二道金牌，想必也就不会饮恨千百年了。当然，也只是想想罢了。

晚泊孤舟古祠下

一

你怎么会在这里？你怎么还在这里？

一次又一次询问，你始终没有回答。是失声了吗？还是在寂灭的光阴里，早已忘记了说话？还是不想说话？

是的，不想说话。

就是不想。

仅此而已。

不需要理由，不需要借口，就是不想——这就是回答！

这就是最好的回答，没什么不妥。你就是你，你想说就说，想唱就唱，想静就静，想听就听。

你就是你。是不一样的烟花,纷烂在一个人的世界里。

一个人时,你会唱戏吗?

一定会吧?

想听你唱戏。唱一段《锁麟囊》,或是一曲《桃花扇》《牡丹亭》亦好。其实这些都不合适你,但就是想听。听你用嘶哑的嗓音,唱这一曲曲香艳浓丽的戏词。

你开腔吧,启唇吧,轻声细语,字字珠玑:"你道翠生生出落的裙衫儿茜,艳晶晶花簪八宝填,可知我常一生儿爱好是天然。恰三春好处无人见。不隄防沉鱼落雁鸟惊喧,则怕的羞花闭月花愁颤……",是《牡丹亭·游园惊梦》里的一段。

就听你唱——

那一字一词,一句一段,端的是听着听着,花落花开了。你在花落成殇的苍茫里,独自唱着。唱给一个人听。唱给自己听。

知道我来了,竟压低了声音。

可我,可我还是听到了。

听到了,听到了。

一场世俗的风花雪月,一段如胶似漆的吴侬软语,在你的嗓音里,竟纯净如一泓清泉。

这也在情理之中。我知道,我了解,我明白——处江湖之远久矣,你的内心呀,早已清凉如许。

那一声声鸟鸣,净了你的杂念;那一滴滴细雨,洗了一身尘埃。你早已明月清风了,早已舍名利,忘得失。你只是安静地偏安在这个无人管、无人理会、无人问津的角落,听花落无声,看云自舒卷。

其实,其实,你应该唱一曲《定军山》,或是一段《战长沙》:"君侯啊,此往长沙要留神。休道黄忠他年已迈,熟读兵书武艺精,百步穿杨天下闻,你不能轻敌误军情……"

嘶哑着唱,压低声音唱,如此,才能听出味道来。

是的,听出味道来。

这多不易啊。但一旦唱出来了,个中滋味——苦辣酸甜——全在心底翻腾起来。最后化作一枚枚音符,一个个音律,递至人心,任人品咂。

把那一份沧桑唱出来。

把那一份悠远唱出来。

把那段光阴拾起来——无论你是否经历,无论你是否目睹,你一开腔,时光便沿着唱词逆流了。

所以你唱吧,安心地唱,平静地唱……我细细地听着,用心听,用耳朵听,听明月清风,听细水流长。

你这个四五十岁的男子,一袭青衫,一把纨扇,衫上青青一色,或是瘦梅几朵;扇上水墨丹青,江山如画,云山雾罩,悠远缥缈。如此,如此便脱俗了,教人见了一眼,如沐春风。

只能是四五十岁的男子,四十不惑,五十知天命……如此年纪刚刚好,有一种恰到好处的妙。

所以一见到你便惊了心。所以一见到你,便忍不住一步一步走近,探出手来,触摸你那微弱的气息——气息真弱呢,近乎没有了。

近乎没有了——这才是你的气息。如此平静,如此安详,静谧无声里,那些恍若静止的光阴,才是你真正守候的。

才是你，真正，拥有的。

二

走近你。

一步一步走近你。

淮中晚泊犊头

宋·苏舜钦

春阴垂野草青青，时有幽花一树明。

晚泊孤舟古祠下，满川风雨看潮生。

愈来愈浓烈了，这气息，那么分明，那么纯净。是林间窸窣的鸟鸣吧，还是绿荫里，那些细碎的虫声？是溪声流韵的悠远吧，还是行人来去时，那些断续的脚步声？

简直如沐春风了，不，不是春风，是清泉。

浸在清泉里，看藻荇弄烟波，寻细水石上流。

你在晚风残照里安静着，云天似锦，与你无关。你独立在一片浓荫里，在日暮时分，在草色青青处，独自清宁，独自清欢。

就喜欢这份气质。

就喜欢这个格调。

温文尔雅的你，是一位怀才不遇的书生，在不得志、不遂意的风波里，乘风破浪，来到孤岛。

来到孤岛。

来到这里。

从此一个人说，一个人笑，一个人生活，一个人独处……庙堂名利远了，青山绿水近了。你自个儿闲话渔樵，自个儿风雨成眠。

你为什么不叫独活？

这名字多好。

多像你。

独活呢，独活呢，独自活着，生是一个人，死也一个人。

独活是一种植物，是中药，对之不甚了解，只知道名字——独活，独活——初见的时候，一下子惊艳了。怎么能叫独活？怎么能那么孤独，又那么美？一点也不矛盾，原来呀，孤独与美，是可以共存的。

一下子便记住了。记住这个名字——独活，独活。并在文章中，反反复复，不厌其烦地提及与赞美。

你说，你为什么不叫独活？

你说，为什么？为什么？

你还是不说话。你啊，对我的言辞与疑惑，始终无动于衷。顿时有种挫败感。但还是不断走近你，不断靠近你，我就是想多一点了解你。

有幽花一树，伴一祠春阴。你太安静了，太恬然了，简直无欲无求，无喜无悲。

你是修道之人吧？一身仙风道骨，一袖云烟拂月，一头白发抹云，一肩风雨成欢。简直不食人间烟火，清新脱俗了。

是在等待羽化，一举登仙吗？还是就这么偏安一隅，不识流年，不说往事，安安静静地偏安着，无念想，静且凉？

与岁月沾了边,低低嗅着,便从你的衣襟上,嗅到了苍茫。

是带着古意的。

古意——古老的意境——是从时光深处打捞起来的足迹,是从岁月长河里溅起来的,那一朵浪花。

古意——有时很近,有时很远,有时缥缈,有时真切。这一刻真真切切感受到了——古意——如此真实,如此浓烈。

古意——从断垣残壁上剥落下来。那斑驳的红漆,那细碎的沙砾,那一砖一瓦,那一草一木,全都透着一分古意。

古意——是残缺不全的文字。谁曾壁上题诗,谁曾柱上刻字?一个个字呀,苍凉如许,在残败的雕梁画栋间,低低喘息着。

终于明白你为什么不叫独活了。

终于理解了,你为什么,不叫独活。

因了这一分古意,再孤独,再寂寞,你也只能叫古祠了。

古祠——古老的,破旧的,祠堂。

这个薄凉的名字,真古意呢,带着清风明月无人管的清凉。所以一下子想到了明月,一下子想到了清风,一下子痴了醉了,沉了迷了——沉迷在一个名字的古意里,不愿醒来。

三

走近你,走近你。

在"春阴垂野草青青,时有幽花一树明"的黄昏,走近你。

这春风又绿的江南岸边,你迎风独立,听雨听风。那飘飘衣袂啊,卷起了如血残阳，在苍山如海的苍茫里，一座古祠静静地偏安着——是在熟睡吗？还是双目微闭，暗自无声。

走近你，走近你——从船上下来，上了岸，循着古意，走近你。

雨打黄昏花易落，雨送黄昏缓缓行。缓缓行，行着，慢慢地走近你。走近你时孤舟晚泊，走近你时渔火愁眠，可是，可是，你却如此安静，置若罔闻。

倚着你坐下，可好？

倚着你坐下，听此岸虫声噪月，看彼岸花影眠云。或吟一句"小舟从此逝，江海任平生"，与苏东坡一起，在《水调歌头》的恣意里，起舞弄清影，何似在人间。

且赋诗一首吧。

如此逸兴，怎么可以不赋诗？

你这个四五十岁的男子，温文尔雅的男子，满腹诗书的男子，随口吟哦吧。吟一句"夜雨连明春水生"，写一句"梦觉流莺时一声"。

是的，写。

写下来，写下来。

把清风明月写下来。

把满地树阴写下来。

以花木为笔，以春阴为墨，我为你铺笺，为你研墨，看你抖擞精神，恣意挥毫——吟一句云天入锦梦，写一首春水蘸桃花。

倚着你坐下，可好？

倚着你坐下，在缱绻的古意里，寻一分薄凉，寻一份淡然。

倚着你坐下，酿一江春水，酐二分明月，取三两清风，换四钱绿阴……真是恣意呀,纵然无酒无茶,心中已是醉了。

说说话吧。把内心荒芜的心事说出来吧。说出来就好了,说出来了,古意呀,便更加薄凉了。

也不知你在这里守候了多久,也许几百年,也许几千年。

也不知你供奉的是谁,但已经不重要了,从遇见的那一刻起,一切都不重要了,只要你还在,就好。

甚至连你的名字也不知道——就叫你古祠吧。

姓古,名祠。

就叫你古先生。这称呼真好,真适合你——古先生——一个四五十岁的男子,是私塾里的老师吧?在谈笑风生里,把诗书画乐从书本上,一点点地,递到学生心中。

直呼古祠亦好。

叫一声古祠,唤一声古祠,一份薄凉绵延而来,抵至内心时,心里呀,早已拂来了清风,升起了明月,更有一泓清泉濯心洗骨,刹那间庭院深深了。

你闲置在这里,破旧,衰败,那又如何?这不好吗?应该遂了你的意了吧!在无人管、无人理会、无人问津的角落里,听光阴如流水一般,与月光一起,细细碎碎地,从云端倾泻下来。

听光阴如流水一般,与月光一起,细细碎碎地,从云端倾泻下来。想着已是薄凉,已是恬然了。

更何况,还有幽花一树,伴一祠春阴,在满川风雨里,看潮起,看潮生。听涛声十里、百里甚至千里,与晚泊的孤舟一起,渐行渐远渐无声。

回首烟波十四桥

一

  红太艳了,是艳俗,是粗衣麻布,是扭秧歌的姑娘头上佩戴的一朵桃花……是讨喜的,喜喜庆庆,热热闹闹,所以素来不喜也不厌,只是觉得亲近,是平民的颜色。

  偶尔也觉得红色很可爱。是浅红。是淡红。在荒无人烟的草原,或是鲜有人问津的地方,最好是一个僻静的角落,走走停停间忽见一篱牵牛花,藤蔓到处都是,唯有几朵花骨朵将开未开,静静地小憩清风里,美眸微闭,香气幽微……那淡淡的红色刹那间觉得可爱了,恰似少女一低头的娇羞。

  或是遇见一朵韭兰。

  长着淡淡的红。

  开着粉粉的红。

  如久别重逢一般,一见了,便欢喜得不行。于是凑过去,细打量,细端详,越看越生出欢喜,春水一样,泛滥开来。

  遇见韭兰时,心头甚至生出这样一个念想:"这不是我失散多年的妹妹吗?"韭兰,我的妹妹呀,着一袭淡红色连衣裙,亭亭玉立在林间小路上,双目顾盼,似待人来。

  "色淡而清,节香而贞。隐德不耀,咀华含英。君子同其芳洁,写真不堕丹青。宜乎孕潇湘幽楚之灵。"这样的韭兰,遇见了,心头啊,便无端地生出怜爱来。韭兰呀,我的妹妹,你在这里等了多久?

买过一本书，《安意如作品集》。封面很精致，那浅淡的红色，轻轻地覆盖在封面上，虽然轻描淡写，却也不容忽视。文字赏心，封面悦目，这样的书籍是不容错过的，所以买下时，不曾犹豫过。至家时小心翼翼地轻放在床头，闲时细品，睡前轻吟。

有朋友名字也带"红"字，唤张小红。这名字不使人生厌，全因了一个"小"字。小红，小红，浅浅的红，淡淡的红，如此幽微轻盈，把那一丝俗气硬生生掩饰了下来。

而且朋友是有品有格的，身怀诗骨，蕙质兰心，所以人与其名，便是最妙的搭配了。喜读她的诗词，在《小桃红》里她这样写道："未若闲拥绣衾卧，管它好梦圆还破。"怎么会选择《小桃红》这个曲牌名？怎么可以选择《小桃红》这个曲牌名？张小红，小桃红，如此巧合地联系到了一起，是命定的吗？

雪小禅的随笔集《烟花那么凉》里，也有过关于红色的文字。

在《胭脂红》里，她说："红其实是个很俗的颜色，也是个很俗的词，我名字中曾经有过这个'红'字，我厌恶它简直到了不能忍受的地步，于是在十五岁的时候我擅自做主，把它改成了'虹'，后来又发现这个红俗得有一种妙，说不出的红泪清露里的好，于是小说中的人物开始叫沈小红、陈艳红之类，有时候，俗也真也有俗的好，至少可以任性到底，不管它三七二十一。"

少年不识愁滋味，为赋新词强说愁，而今识尽愁滋味，却道天凉好个秋。红这种颜色啊，说到底是生活的颜色，是诗情画意，更是柴米油盐。是识尽人生百味后才能觉出的好，如一株老树，你出生时它在那里，你少年时它在那里，待你老了，它还在那里。

只是当你老了,轻声吟唱出纳兰那句"当时只道是寻常"的时候,心中是否百感交集,欲语还休?

二

小红这名字,有一种无端的好。

初见是在一本册子里。

是《宋诗选》。

这绝非巧合,这是命定的,唯有在大宋这片肥沃的土地上,才能盛放出如此惊艳的花朵——这诗意的花朵,这芬芳的诗词,惊艳了十年百年甚至千年,书写了一场卓绝的绝代风华。

一位女子缓缓走来——袖卷清风,襟拂明月。

一位女子缓缓走来——罗袜盈香,步步生莲。

从大宋走来,从宋诗走来,从姜夔笔下的一首绝句中走来,从《过垂虹》中走来。

过垂虹

宋·姜夔

自作新词韵最娇,小红低唱我吹箫。

曲终过尽松陵路,回首烟波十四桥。

是一下子惊了心的。

小红低唱我吹箫,在小红妙曼的舞姿里,箫声如醉,少年如痴。在小红的歌声里,哪怕朝成青丝暮成雪,我也甘了愿了。愿执子之手,与子偕老。愿此生,得此一人心,白首不分离。

初见这名字,是怦然心动的。

这感觉,是《我的歌声里》那一句句真挚、简单而质朴的告白。

我的歌声里

没有一点点防备 也没有一丝顾虑

你就这样出现 在我的世界里

带给我惊喜 情不自已

可是你偏又这样 在我不知不觉中 悄悄地消失

从我的世界里没有音讯 剩下的只是回忆

你存在 我深深的脑海里

我的梦里 我的心里 我的歌声里

还记得我们曾经 肩并肩一起走过

那段繁华巷口 尽管你我是陌生人 是过路人

但彼此还是感觉到了 对方的一个眼神 一个心跳

一种意想不到的快乐 好像是一场梦境命中注定

你存在 我深深的脑海里

我的梦里 我的心里 我的歌声里

世界之大 为何我们相遇

难道是缘分 难道是天意

你存在　我深深的脑海里

我的梦里　我的心里　我的歌声里

还读过一首词,《减字木兰花》,作者仇远。词云:"三生杜牧,惯识小红楼上宿。压帽花斜,醉跨门前白鼻䯄。归来寻睡,懒拨熏炉温素被。两袖香尘,肯信春风老得人。"

真是旖旎。

分外香艳。

这样的词美艳如春水,浇透人心,暗香盈袖。词里的小红更是媚态十足,这样的媚,是蚀人心蚀人骨的,酥到骨子里去了,仿佛一不小心,便会融化在美人娇艳的秋波里。

这样的女子到底太媚了,恰到好处的媚是惊艳,是动人;太过了就媚俗了,就恶俗了,就失味了。所以在《减字木兰花》里,小红楼上宿,那楼呀,是青楼,是风尘,是"十年一觉扬州梦,赢得青楼薄幸名"里,那些蚀人灵魂的纸醉金迷。

所以更喜欢那个清丽动人的小红了,她低唱,我吹箫,曲终过尽松陵路,回首烟波十四桥。

三

据元人陆友仁《砚北杂志》载:"小红,顺阳公(范成大)青衣也,有色艺。顺阳公之请老,姜尧章诣之。一日,授简征新声,尧章制《暗香》《疏影》二曲,公使二妓肄习之,音节清婉。姜尧章归吴兴,公寻以小红赠之。其夕，大雪过垂虹，赋诗曰：自作新词韵最娇，小红低唱我吹箫。曲终过尽松陵路，回首烟波十四桥。"

喜欢这个故事，佳人伴雅士，一个唱词，一个吹箫，很情趣，很浪漫，也很文艺而多情。

《过垂虹》里的小红，该是轻松和愉悦的吧？逃离了樊笼，复得返自然，再也不是呼之则来喝之则去的艺妓了，从此伴名士，舞春风，自由自在，欢喜无限。

《砚北杂志》的这段记载中，印象最深的文字是："小红，青衣也，有色艺。"

"青衣"这个词已是足够勾魂了，更何况，更何况，还有色艺呢。

是素喜青衣的。戏曲中的青衣，粉黛初匀，玉靥抹红，衣襟胜雪，步步生莲，着实惊艳极了，细细端详，活色生香。

所以一下子沉沦了。沉沦在青衣"巧笑倩兮，美目盼兮"的惊艳里，沉醉在美人倾城倾国的明眸皓齿里。

沉沦得很彻底。

简直体无完肤。

但就是喜欢了。就是欢喜了。就是甘愿。就是痴狂。就愿在青衣的魅影里，寻出一场雪月与风花。

因了青衣这一身份，便更喜小红了。

《红楼梦》里也有小红。

《红楼梦》中的小红，名林红玉，林之孝之女。因为名字重了宝玉和黛玉的名，要避讳，所以改为小红。为人聪明机智，巧舌能辩。原为荣国府中世代的旧仆，大观园建成后，被分在怡红院服侍贾宝玉。

机灵，善谈，这样的女子是讨喜的。有文章说，"韧"是小红的突出性格，我是深以为然的。小红虽是一名柔弱女子，但性格坚韧，思想坚定，有理想有志气，有韧性有长劲，一门心思悦主向上，从不服输认命。

在《红楼梦》第二十七回中，小红因说话知趣，口角伶俐，被凤姐赏识起用。印象最深的是小红说的一番话，她笑着说道："愿意不愿意，我们也不敢说，只是跟着奶奶学些眉眼高低，出入上下，大小的事也见识见识。"只这一番话，便将小红聪明机智、巧舌如簧的一面展露无遗了。

这样的女子虽然讨喜，却也不是我所爱的。工于心计的女子，到底是如狼似虎了，不安生，喜闹腾。

也到底是我骨子里透着书卷气吧，喜欢温文尔雅、知书达理的女子，纵然不及才女，也得文静才可。

所以无论是《减字木兰花》里的小红，还是《红楼梦》中的小红，都是不及那个唱词的小红的。

吟成豆蔻诗犹艳，睡足荼蘼梦亦香。那个唱词的小红，青衣也，有色艺，单纯而简单，如幽兰一朵开在清风里，惹人怜爱，令人梦萦。

夜暗归云绕柁牙，江涵星影鹭眠沙。可怜回首烟波里，有谁看见第十四桥边的明月下，有人低唱，有人吹箫？

花香袭梦到河州

一

临夏，很苍翠的名字。是的，苍翠。这是我初见这个名字时唯一想到的颜色。是油然而生的，是不能自己的，仿佛是命定的——命中注定遇见这个名字，命中注定，想起苍翠。

临夏，临近夏天，明明夏天还没到，夏天的颜色却到了，有些先声夺人的意味。那接天莲叶无穷碧，那映日荷花别样红，在初见这名字的刹那间，一下子漫山遍野了，那心心念念里呀，全是夏天的影子，全是荷叶与荷花。

但还不是夏天，只是临夏，只是在通往夏天这座古城的曲径上，曲折前行。是的，曲径。曲径通幽处，一城草木深，那幽呀，是碧水蓝天，是清风明月，是山长水远，是云影霞光……所以临夏在古代有另一个名字，凉州。

是的，凉州。唐人张籍在《凉州词》中写道："风林关里水东流，白草黄榆六十秋。边将皆承主恩泽，无人解道取凉州。"诗中的凉州，便是临夏。

这名字真好，是真好。凉州，再没有比这个名字更凉意袭人的了，那一丝丝凉意，从名字里溢出来，从诗词里溢出来，从古渡口溢出来，从旧时光里溢出来……那凉意呀，是清风是明月，是碧水是微澜。

凉州这名字，与临夏最搭。临夏呢，只是临近夏天，并不是夏天，所以不热，不闷，甚至清爽有凉意，所以凉州这名字，于临夏而言是最合适不过了。这名字是有灵气的,那一份凉呀,心旷神怡,沁人心脾,是这一方山水凝结出的最澄澈、最明净的种子,只待春风一来,便可生根发芽。

二

临夏还有另一个名字,河州。同样很灵气的一个名字。山不在高,有仙则名,水不在深,有龙则灵,因了"河"字,这名字呀,竟浸出水来,一下子湿润了,一下子有了灵气。所以念叨这个名字的时候,有一泓清水扑面而来,入口,入喉,顺着血脉,流至全身——整个人一下子清凉了,一下子冰清了,玉洁了,心上的尘埃与俗念,一下子濯净了,身体空空如也,一切返璞归真。

这感觉真是好,是对身心、对灵魂的一次洗礼,是一场无言的相遇,遇见了,如遇故人。明人解缙在《寓河州》中诗云:"只道河州天尽头,谁知更有许多州。八千里外尼巴国,行客经年未得休。"一下子倾了心,八千里外尼巴国,真是引人向往,是愿意溯回大明那个苍茫的时代的,与解缙一起,聚河州,上高楼,把酒言欢,一醉方休。随后以河州为起点,仗剑走天下。

过河州

明·杨一清

四面峰峦锁翠帷,万家花柳又春栽。

缆横河岸浮为渡,磨引溪流水自推。

汉将屯田闲虎帐，羌儿交市献龙媒。
便宜有疏凭谁上，圣代边功久不开。

本已陶然久矣，因了《过河州》这诗，更加陶然了，简直万劫不复。

就算万劫不复亦爱这名字，就算万劫不复亦爱这地方，哪怕爱得体无完肤，我也认了。临夏这地方，是愿意为之生为之死的，是来了，便不想离开的。是一种蛊，思量了良久，唯有"蛊"这说法最妥帖。是蚀人心蚀人骨的，比毒多了一丝温柔与刻骨铭心。

临夏位于黄河上流，是传说中大禹治水的源头。《尚书·禹贡》记载，大禹治水，"导河自积石，至龙门，入于沧海。"初见这段文字时，一下子惊住了，虽然只是寥寥几笔，轻描淡写，但个中艰险，可想而知。晚清秀才罗锦山有诗一首，重现了黄河倒流的景象："水趋东海破山陬，河到洞川水倒流。怪见飞涛归宿海，逆翻骇浪渡扁舟。探源博望疑返驾，敷土禹王错用筹。何以反常微地理，佛身无怪闪灵丘。"磅礴之气油然而来，从逼仄的文字里喷薄而出，似一场骤雨，电闪雷鸣间，铭记在心头。

古人已矣，积石仍在。积石雄关下，禹王石独眠清风里，在大浪淘沙的历史长河中始终傲然屹立，看古观今。面对禹王石时是怀着敬意的，云淡风轻地来了，然后云淡风轻地离开。是不需要言语的，所有心意与敬仰，溢于言表，就在缄默无声中缅怀圣人吧。

在临夏，莲花山不可不去。万年古松，奇花异草，潺潺清泉，古刹钟声……单是想着念着已是惊艳了，更何况，是亲见！在古松下静坐,听春风染绿了芳草,看远芳侵了古道,有一声两声鸟鸣传来,山幽云闲,各自安好。或行曲径,步幽阶,入佛门,参妙谛。有诗云:"梵宫卒绿与云齐,风景繁华入望迷。丈室钵龙含法雨,禅床春燕落香泥。烟销宝殿山容净,日转疏林树影低。僧在定中空色相,松窗月暝夜猿啼。"于此拈香一炷,宠辱皆忘,此身久沐梵音里,偷得浮生半日闲。

三

在临夏,眺云海,瞻飞瀑,观奇峡,攀险峰……或在松鸣岩听松涛合鸣,看群峦茫茫。或于炳灵寺石窟寻千年古意,悟一场轮回。但临夏最为迷人的地方,是蝴蝶楼。

彼时,只想独上高楼,望尽天涯路。只想在雕梁画栋间,看飞甍垂云,锦檐衔月。或者拈一朵牡丹,清挥小扇,陶然明月清风里,闲烹香茗,细品流年。是有小资情调的,于楼上,似乎回到了开国以前,仿佛看到了一代将军马步青,携妻信步,赏月观花。

蝴蝶楼,单是名字已使人心心念念了。是很精致的一处地方,回廊环绕,楼阁相连,有苍松翠柏,有花鸟锦鲤……心心念念长成了枝枝蔓蔓,现在脑海里、心里,全是蝴蝶楼的影子。

是极具民国风的。民国是一个极为精致的年代,走出了陆小曼、张爱玲这样名动天下的精致女子,是一段传奇的时光。现在,从蝴蝶楼嗅出了这样的气息,蝴蝶楼一下子入了心,成了心中风雨安然的楼阁。

蝴蝶楼其状如飞,想起庄周梦蝶来。《庄子·齐物论》载:"昔者庄周梦为蝴蝶,栩栩然蝴蝶也,自喻适志与!不知周也。俄然觉,则蘧蘧然周也。不知周之梦为蝴蝶与，蝴蝶之梦为周与？周与蝴蝶，则必有分矣。此之谓物化。"于是更喜此楼了。

问云何处最花多，画楼南畔夕阳和。于楼上，拈牡丹一朵，看蝶影成双，有清风作伴，看凉州风光。在临夏，闻多素心人，愿与数晨夕，我醉君复乐，陶然共忘机。

临夏，一个诗意盎然的地方。愿裁云为梦，以风作辑，和月和云行千里，花香袭梦到河州。

无数飞泉大小珠

一

六盘山这名字，有一种无端的美。似帛。是的，似帛。一张精致的帛，那帛上呀，洇满了密密麻麻的文字——是甲骨文。是有古意的。那一点点古意，一丝丝，一缕缕，从名字里溢出来，轻轻念上一声，口齿生香。

"盘"字已见嶙峋了，着了虚词"六"字，更有了陡峭的意味。在六盘山上，有苍松倚壁，看云海翻腾，如此景象真是惊心，一旦登上绝顶，便一下子惊了艳了，心里想的念的，全是这奇美的风景。

初知六盘山，是在一首诗词里。是一首词，是一个叫《清平乐》的词牌名，一个雄心壮志的人，指点江山，挥斥方遒，以天地为笺，以山岳为笔，在残阳如血的无限苍茫里，写下了如此激扬的文字。

清平乐·六盘山

毛泽东

天高云淡,望断南飞雁。

不到长城非好汉,屈指行程二万。

六盘山上高峰,红旗漫卷西风。

今日长缨在手,何时缚住苍龙?

彼时年少寡知,却一下子倾了心。这样的文字是雷霆,是闪电,一旦见到了,便石破了,天惊了,便一下子入了心,生了根。彼时沉沦在杜甫"会当凌绝顶,一览众山小"的凌云诗句里,现在不了,现在于《清平乐》逼仄的文字里曲径寻幽,不,何止是寻幽,且寻险,寻雄伟,寻奇绝,寻陡峭去了。

二

六盘山的美,是自然美。这样的美是纯净的,是清洌的,是天空中一抹洁白的云朵,是云朵之上,那些明净的蔚蓝色。春去秋来无盛夏,单是六盘山这名字,便生出一股子凉来,所以六盘山,是一个消夏的好去处。去了是不会失望的,去了,也不仅仅是为了消夏。在荷花沟,莲叶何田田,鱼戏莲叶间,在此寻一块石头坐下,那脚底呀,一阵阵凉意袭来,教人心生欢喜。

在荷花的倒影里看水草浮动,也有着一种清心的意味。无论是小荷才露尖尖角,还是残荷如许叶枯黄,那一花一叶,一绿一红,都是一种倾心的美。雪小禅说:"一朵朴素的花,或野生的树,有着明确的生活姿势,不大众,不随波逐流,亦不过于小众,不落落寡欢。"这样的植物,无论盛放或凋谢,都有一种倾心的美,美从心来,美在人间。

现在,此时,此刻,美就在这里。雪小禅还说:"饱满的贞静,不浮、不躁、不腻,清清爽爽往那里一站、一坐、一笑,不张扬,却有惊天动地的静气。"在荷花沟,放下喧嚣与浮躁,放下利禄与功名,就做一朵荷花吧,素心花对素心人,静静地,缓缓地,植物一样贞静,有美一朵,溢出香来。

那一刻,连灵魂都是香的。

六盘山有一潭,名老龙潭。这名字亦好,一个老字,苍凉如许。喜这个名字,只因这个名字如书法——小楷。在这苍劲的字体里,饱含着太多光阴与苍茫,但却不外漏,严严实实地封在了里面。如一名中年男子,隐忍,练达,收住了锐气与沧桑,只把寻寻常常的一面,方方正正地显露出来。这样的男子是有魅力的,用雪小禅的话来说,这样的男子,是薄凉的。

所以这样的名字,见了,便喜欢上了。山不在高,有仙则名,水不在深,有龙则灵,清人胡纪谟有一首律诗,叫《泾水真源记》。

泾水真源记

清·胡纪谟

无数飞泉大小珠,老龙潭底贮冰壶。

汪洋千里无尘滓,不到高陵不受污。

本就灵气逼人的老龙潭，因了这诗，更加灵动可人了。

三

在《二十四诗品》中见到这样一个句子："空潭泻春，古镜照神，体素储洁，乘月反真。"写的是老龙潭吧？我想，一定是！空潭泻春，在碧波粼粼的水面上，春水碧于蓝，画船听雨眠。是愿意约上二三挚友泛舟潭上的。赏心只有三两枝，那二三挚友，是梅，是兰，是竹，是菊，横槊赋诗，渔歌互答，诗酒相酬，此乐何极。

于潭上，看山水相依，群峰倒影，听清风徐来，鸟鸣山间。幽谷危壁挟飞潭，一潭碧水入梦来，在潭水的清澈蜿蜒里，似见一条游龙跃上水面，直冲霄汉。一下子恍惚起来，有女子踏水而来。那女子，其形也，翩若惊鸿，婉若游龙，荣曜秋菊，华茂春松，髣髴兮若轻云之蔽月，飘飖兮若流风之回雪。那女子，是洛神吗？

空潭泻春，春水如蓝，这样的潭水是引人遐想的，是流连忘返的，沉醉不知归路。是一块玉吧？日暖玉生烟，深碧伴云眠。是徐志摩笔下的，被时光收藏的底片：我像一个拾荒者，悄悄收藏起时光的底片，让它变成陈年的私酿，然后在那个夏日的午后，晾晒出任何与你有关的画面。

在六盘山的山山水水间，柳暗花明里，敛息，屏气，静坐，凝神。或一路行吟，叹一地芳草萋萋，春风吹又生。或闲坐暖云香雪，闲听鸟语虫声，闲拈幽花一朵，闲看水碧天青……闲成一片云，一朵花，一滴水，一粒尘埃，放下世间种种，做片刻渔樵闲话的清净之人吧。

哪怕做一个不识字烟波钓叟，我也甘了愿了。李丹崖说："人心亦是一朵花。它可以选择明媚，也可以选择阴雨，可以选择晶露，也可以选择云雾，高兴了，我就敞开心扉，开怀一笑，千娇百媚。"《徒然草》中，吉田兼好法师也说，"人心是一朵不待风吹而自落的花"。

我心如花不待风。就在六盘山的山水里开成一朵花吧，开成一朵清莲，亭亭净植，在水一方。开在荷花沟里，待小荷才露尖尖角时，任一只蜻蜓涉水而来，立在上头。那一刻，天地清风明月，内心无限欢喜。

或开在老龙潭里。潭中鱼可百许头，皆若空游无所依，在这澄澈的春水里倾尽年华吧，愿一生一世，于此听风，听山雨欲来时，那些闲逸的鸟鸣。

凉影浮上绿萝衣

一

久居诗词的人，心有良田万亩。

在诗词里行吟久了，总觉得每一个字都是生动的，信手拈来的那些字、那些词，如在春风里，也许只需要一滴雨水，便可以生根发芽，然后开出动人的花朵。

想做一个诗意的人，在无人的角落，写一首动人的诗。

写给天涯，写给海角，写给伊人，写给自己……写一篇赋，一首绝句，一阕《卜算子》，一曲《小桃红》。也习字，临别人的帖，临王羲之的，怀素的也可以，最好宋徽宗的瘦金体吧，或者刻在骨头上的那些甲骨文。

在诗词中卜居的人,一定素心如雪。

穿什么样的衣服才好看?

长衫也好,短褂也罢,赋闲在家时,啜一杯两杯碧螺春,咂一盏两盏女儿红,也在庭院最深处,赏一枝两枝海棠花,看一册两册宋词选。

为什么看宋词?

不为什么,就是喜欢看。

如果我喜欢,我愿意,也可以是唐诗选,或者元曲选。

写楹联也不错,这是中国的俳句,不,它就是诗词,是诗词的一部分。写点什么好呢?写"山水得灵奇,每向先生张画本;文辞多雅秀,欲寻花鸟孕诗心",写"倦鸟去时,为向渡头寻远棹;晚烟横处,来从天外识归帆",写"欲来不来天上月;似去非去水中云"也写"水上漾微澜,半湾灵气云眠月;亭间参妙谛,一片春山风念经"。

"风念经"这三字,不是我原创的,有一个王姓的朋友,他的诗集就叫《风念经》,于是借了来,毫不客气地。

晚风吹

王志国

晚风吹着流水

像大河拐弯,回头看了看自己卑微的姓氏

薄薄的月光

是穿在故乡身上的一件纱衣

流水不歇，月亮也不急于下落
它们彼此清澈，互为镜像
谁也不率先说出内心的浑浊

一棵树，像一个离家多年的游子
站在怀念的岸边，孤独
是脚下扎根的土地
落叶早已成灰，一年一堆积
而用心说出的话
却无人倾听

要不是晚风的手
搂着它的颤抖
那一轮挂在星空里的满月
就要坠成一滴浑浊的泪
压住流水的心跳

是在北京认识王兄的。那时鲁院开了民族作家班，于是上课的时候，便相识了。他的文字里总带着慈悲，后来得知他是藏族人，便一下子明白了。如果慈悲是与生俱来的，那么一定只有藏族人才会有，这是骨子里的，是佛法赐予的。

这首《晚风吹》，是诗集《风念经》中的一首。晚风吹，月如霜，一个慈悲的藏人，匍匐在朝拜的路上。

佛教徒认为苦难是为了修行，所以，他们乐于接受苦难，并勇于挑战苦难。这与孟子的观念不谋而合，孟子说："天将降大任于斯人也，必先苦其心志，劳其筋骨，饿其体肤，空乏其身，行拂乱其所为也，所以动心忍性，增益其所不能。"

如果不被苦难所打败，那么，传奇是属于这个人的。

那个听风念经的人，他一定听到了慈悲，听见了至高的佛法。

二

我也听风念经，也与云坐禅，也看月亮如木鱼一样，被往来的流星敲打，也见青山如佛陀，一动不动一千年一万年，最后坐化于万丈红尘中。

心静的时候，整个世界都在静止。

也只有这时候，才认真打量这个人间。

一个人静坐，如一株老松。

这时候有鹤来伴，一定很有意境。如此，便成了一轴水墨画，我是那个泼墨的人，题跋的人还没来，因此十年二十年了，墨一直未干涸。

也许静坐的时候，灵魂不小心脱了窍，于是，化作一只蝴蝶，飞入诗经里。彼时，青青子衿，悠悠我心，纵我不往，子宁不嗣音。彼时，风雨如晦，鸡鸣不已，既见君子，云胡不喜。

也飞入唐诗宋词中。彼时，一定是一位书生，在赴京赶考的路上，一定遇见一位佳人。一定相约去西湖，在湖上泛舟，彼时，我吹一曲《霓裳中序第一》，而那佳人，舞一段霓裳羽衣。

最好是位着绿萝衣的佳人。

这样的女子,自带着一股灵气在身上,仿佛那绿萝衣,就是灵气化的。不,不是,也许是仙气化的也不一定。

天池寺

明·张时彻

我向空中拾瑶草,翩翩使节来何好。
白云迷路合复开,星河挂户夜长晓。
朝来风雨暮来晴,曲岭回回碧草迎。
芙蓉昼见金银气,宝塔宵看舍利明。
文殊台前百尺松,枝枝诘曲盘虬龙。
松根云雾须臾起,化作天边千万峰。
滚滚长江白练飞,岩石壁上青天围。
神仙洞口一经过,丹砂却上绿萝衣。
夜半山腰震雷起,白龙下饮天池水。
俄然吐作山下云,疾风化雨三千里。

明人张时彻的这首诗,有一种灵气在里面,我在这首诗中悟道,其中的诗句,某一句为灯台,某一句为寮房,某一句为蒲团,某一句为香烛……本以为就此做个小沙弥,在佛法中寻找自己的前世与来生。却不料因了一句诗,一下子醒转过来。

因了,丹砂却上绿萝衣,这一句。

绿萝衣,我所寻找的那个人,不是披着袈裟的,而是身着绿萝衣的。有美一人,在水一方,蒹葭苍苍,而我如风,拂过你的脸庞。

痴迷于绿萝衣，不可自拔。

这样的衣裳，是烟萝做的，经了风雨的苍茫，岁月的洗礼，最终被人裁成了锦，送给了远方的佳人。那人是谁？是仙人吧，架着七彩云霞而来，踏着苍烟云影而去。

丹砂也是醉人。

曾有诗云："日服丹砂骨自清，肤如冰雪心更明，山中玉笋是仙药，袖里素书题养生。"但在这里，不服丹砂，只以纤指轻轻一点，在眉间点上一粒，从此一见倾人城，再见倾人国。

丹砂是神来的一笔，点睛了佳人的沉鱼与落雁，闭月与羞花。丹砂不小心沾在了绿萝衣上，不要紧，这样子，不是更美吗？

在这样的美好中，与佳人执手。如果你愿意，便以天为媒，以地为妁，你我结缘在人间，不再相忘于江湖。可好？

三

不过是一场梦，当我醒来，山还是那座山，水还是那条水，花还是那朵花，院子还是那个院子。只是，对于萝衣的痴迷，无论梦里还是梦外，都是一样的。

喜欢，是不需要理由的。

那么美，很中国。

真的很中国。

这绿萝衣呀，是中国最美的服饰。如果荷塘边，一位着绿萝衣的女子缓缓走来，一定有人大声惊呼：一定是仙子，仙子下凡啦。

高高丹桂枝，袅袅女萝衣，欲剪兰为佩，中林露未晞。这样的女子，走过的时候都带着兰气，不，不止是兰气，牡丹气，荷花气，海棠气，丁香气……所有花气全在她身上。这样的女子，轻轻走过，带来了一阵香风。

一萼红·翠禽啼

现代·徐震堮

翠禽啼。放新晴半路，乔木洗岚霏。
危石云歆，飞泉玉泻，凉影浮上萝衣。
步深窈、呼灯照瀑，更穿险、舟小度岩扉。
迹记龙年，诗题人日，分付双溪。

尘外不知何世，向红梅古寺，蜡屐重携。
月冷笙坛，云封鹤树，寻问仙境都迷。
听江上、声声鼓角，且容我、消受烂柯棋。
望极斜阳，故山可有春归。

凉影浮上萝衣，也倾心于这一句。

结伴游玩，可谓人生逸事。听翠禽啼叫，见飞泉泻玉，有云封鹤树，见月冷笙坛……徐震堮说，"寻问仙境都迷"，其实，就算不是仙境，也一定沉醉不已了。

想起一位友人的楹联，她说："于翰墨间，得大自在；借丹青意，辟小蓬莱。"在这阕《一萼红》里，一定有人开辟了一方蓬莱，在大自在中，放鹤养梅。

辟不辟蓬莱不要紧，得不得大自在不关心。我所痴迷的，只有一个画面：凉影浮上萝衣。

凉影是什么？

是云气吗？是烟蔼吗？还是水中的倒影？

如果是水中的倒影，那么，是白云的倒影，还是青山的倒影？是乔木的倒影，还是斜阳的倒影？

凉？

怎么个凉法？

是冰凉？是微凉？是入心的凉？还是入骨的凉？

咬文嚼字没什么不好。把一个字一个词反复地咀嚼，其中的大美，别人发现不了，这个人却可以。然后好好欣赏，好好品味。

一个"浮"字，心心念念。

不是飞，不是溅，不是滴，不是落，是浮，一点一点地，徐徐缓缓地，浮上来。这是一个细节，所有人都知道，细节，使整个画面都生动起来。

凉影浮上萝衣，就如冷香飞上诗句，那种美呀，只可意会，不可言传。

鸣鹤仙人去不归，秋风凉到女萝衣，白云也是无心物，长傍溪山好处飞。萝衣生凉，这是这个词语自带的气场，炎炎夏日似火烧又如何，打开一册诗书，遇见"萝衣"二字，一下子凉从中来，凉从心生，也许会有一二仙露从天上滴落下来，湿润了整个人间。

如果久居诗词里，遇见一个身着萝衣的女子，一定留她下来，或者随她而去，在诗里痴，在词里醉，在诗词的咫尺天涯里，走过人间几个春秋。

第五卷 少年时·窗外芭蕉窗里人

葵心独向曜灵倾

一

认识一个朋友,算是一个妙人。

写诗。

准确的说,是写诗词。

认识很久了,所以见面时,一点也不生分。曾去北京鲁院上过课,他正好留学在北大。于是,约了时间,准备见上一面。

天公真是不作美,那天恰下大雨,等出了地铁站,行至北大时,鞋子已湿透了。他来接我,等了不过十分钟。寻一个檐下等着,往来的人行色匆匆,有上学的,也有放学的。各色的人都有,北京的,上海的,四川的,福建的,欧美的,非洲的……静静地看着,也听不见他们说些什么。不过来也匆匆,去也匆匆,也不在乎他们说些什么了。

未几,他来了,一再地道歉,说是久等了。等也是一种享受,并不觉得等人是一种过错,当年闲敲棋子落灯花的赵师秀,等人的时候一定不会烦躁,不过嗔怨肯定是有的,这嗔怨的样子,一定很可爱吧。

此行有一个目的,听一场讲座。但时间尚早,于是,他带着我,两个人,去喝点东西。途中经过未名湖,很标志性的一个地方,那时雨还在下,不过却小了许多。

有塔影映在湖面上，那么伟岸，那么笔直，有一种玉树临风的错觉。是错觉吗？也许是，也许不是吧。

塔叫博雅塔，有些年头了，见它孤独地耸立于天地间，莫名地悲辛起来。所幸，有未名湖相伴，不至于那么寂寞，至少可以在彼此对望的温柔里，治愈彼此的绝望。

过未名湖

柳丝斜处系云衣，塔外风抟水一围。

闲鸟二三湖上过，才沾微雨即飞飞。

这一首绝句，写于归来后，后来刊在了北大的《北社》杂志上。在未名湖休息了一下，说了很多典故与旧事，他有些口吃，中文说得不利索，一再吐槽自己不如从前了，连话都不会说了。我只是笑，然后打趣：如果说不了话，打字好了，面对面地聊微信，不是很有趣吗？他笑，我也笑了。

去喝了杯拿铁。店里的人很多，我喝着，他也喝。我说，有机会你一定去黄果树大瀑布看看，太壮观太磅礴了，看了以后，你写的文字，格局一定会大起来。他抬头，双眼流转着迷茫的神色，然后问，什么是瀑布？

一时语塞，然后胡七八糟乱解释一通，坐在周围的同学，有的笑出声来，不是因为他不知瀑布是什么，而是我的解释实在太奇葩。好在讲座时间快到了，于是喝完，匆匆离去。

讲师叫浅见洋二，是日本大阪大学教授。主题是关于苏东坡的诗词创作，不得不说，浅见老师的见解很是独到，并非如他的名字那样。

之后又约了一次。这次是《诗刊》社编辑韦散木做东，约了几个人，算是一场雅集吧。席上，有人提议朗诵，有人用了波斯语，有人用了日语，有人用了法语，而我用了西南官话。

遗憾的是，他没带琵琶，不然，便可以欣赏他犹抱琵琶半遮面的样子了。说了这么久，应该介绍一下他了。他叫早川太基，源姓，字子敬，号蓉堂居士，日本国甲州岳麓（今山梨县）人。

二

虽是日本人，但写诗极好。在大学生诗词大赛中，他多次获奖，也正因了这个比赛，才彼此相识的。

因为一首诗为大家所熟知，这首诗我犹记得其中一句，"一点流星惑孤梦，六街细雨锁相思"。

初恋
早川太基
心醉幽香淡未知，沉吟纤月透帘时。
花摇虚壁疑留影，烟断青山恍忆眉。
一点流星惑孤梦，六街细雨锁相思。
低徊曲巷翠衫冷，春晚斜风掠面吹。

写得真好，也难怪南京师范大学文学院院长骆冬青教授会如此称赞:"他热爱古代文学,特别是古典诗歌,应当说,不仅是学问上的,还是情感上的,所以,才能有那么深刻的感悟和体会,才能有表达上的精美与才智。"

一点流星惑孤梦,六街细雨锁相思,独独记得这句诗,对于精美的事物,总是难以忘怀,对诗词过于敏感的我,又怎么会忘记呢。

有人评价"有唐风",这说法不为过,如果将这首作品放到唐诗这座花园里,一点也不突兀,尽管,它不是最美丽的那一朵花开。

读过他的作品,很多,很多。

除了这首《初恋》,还有一首古风,也是令我着迷。

昼后过楼下玉兰盛开临风摇动趣味不浅

早川太基

春光射枯树,蝶梦一瞬醒。

静展纯白翅,玉蕊映天青。

燕市远游客,过楼步自停。

花影同故国,飞蝶神且灵。

独怜少年日,泣草瘗花铭。

风后徘徊久,白昼倚孤亭。

是谁坐听风吟?是谁在那漫漫春光里,惊醒了蝶梦,扰动了花心?这朵玉兰花,闲坐春枝上,仿佛一位白衣的女子,临风而动,轻抛罗袖。

"花影同故国,飞蝶神且灵",读到这句时,竟想起《西厢记》

来。《西厢记》中有这样一首小诗:"待月西厢下,迎风尘户开。拂墙花影动,疑是玉人来。"玉兰等待的玉人,是有了灵气的飞蝶,还是过楼步且停的子敬?

最倾心的是下一句:"独怜少年日,泣草瘗花铭。"

一句瘗花铭,教人心伤复嗟叹。

瘗花铭是什么?是悼念花的文字。瘗,埋葬之意也。瘗花铭换一个说法就是葬花吟,"花谢花飞花满天,红消香断有谁怜?游丝软系飘春树,落絮轻沾扑绣帘……侬今葬花人笑痴,他年葬侬知是谁?一朝春尽红颜老,花落人亡两不知。"《红楼梦》黛玉葬花的情节记忆犹新,见到子敬"独怜少年日,泣草瘗花铭"这个句子时,自是情不能已,黯然神伤。

瘗花铭

南北朝·庾信

春风开我东厢牖,罘罳结碧弹春柳。
柳下花满韶光稀。纷缬委泥零半亩。
缀茵锦衾错彩绣,点池碧縠浣波皱。
或从蛱蝶扑雕栏,或从团絮坠鸳甃。
春心荡薄轻易溜,虚掷芳华十有九。
忍蹴花尸葬花魂,竟瘗花魂归冢塿。
荷锄而秉帚,拾收艳骨聚一瓴。
诵诔而酹酒,奠彼灼灼难持久。
君不见傴偯春容风雨骤,一番春事寂荒囿。

可怜一霎开，一息朽，香销销其嗅，颜枯色槁目欲瞑。

蹙蹀荒蹊生蒿荞，愈凌霜雪发愈茂。

我觉繁草亦繁花，腐朽化生偕滓垢。

瘞花种草代兹铭，花草与铭皆其谬。

贵而枯而贱而荣，造化秉均我何有？

普遍认为这首《瘗花铭》是托作，但又何妨呢？只要打动人心，那便是优秀的文字。我承认我被打动了，动心于作者的惜花之心，动容于作者的惜花之情。

初见"瘗花铭"时就倾心，在子敬的文字里，我仿佛见到了一个惜花之人，是子敬吗？我想，是的。

三

说他是妙人，妙在哪里？

一个绣口锦心的人，难道不妙吗？

做一个风雅之人，是一件欢喜的事情。曾写过一首小诗，现在回味时才惊觉，原来，原来是为他写的。

谁与君识

弹一曲琵琶，弹一世繁华，

弹万丈红尘中，那朵幽闭的兰花。

彼时，我在一首宋词里，

妖娆地盛开着。

那个打马而过的书生，是你吗？

那个打马而过的书生，一定是子敬。我在等他来，等他弹一曲琵琶，等他弹一世繁华，等他弹万丈红尘中，那朵幽闭的兰花。

也许，他弹琵琶时盛开的，不一定是兰花，也可能是梅菊，也可能是月季。但是总觉得，最有可能的，是锦葵，是浅红的、深红的、一簇一簇的锦葵花。因为，他有，一颗，葵心。

暖雨

早川太基

葵心独向曜灵倾，诗笔瑶琴每属卿。

沧海春波非幻听，巫山别绪怨单行。

多生永劫追孤凤，万语通宵说一情。

遥忆朱唇含酒后，灯窗暖雨锦官城。

完全因了"葵心"这个词，才爱上这首诗的。唐人元稹《有酒》诗中有"葵心倾兮何向，松影直而孰明"的句子，苏东坡写过"望穷海表天还远，倾尽葵心日愈高"的句子，就连清代孔尚任在《桃花扇·闹榭》中，也写过"蒲剑何须试，葵心未肯羞"的句子。

葵心向日倾，这是一种信念，更是生命的烙印，也许前辈子就有了，一直，一直遗传到了今生。

葵心独向曜灵倾,诗笔瑶琴每属卿,这句诗很是耐人寻味,诗笔属卿也就算了,瑶琴也属卿,这就不一般了,要知道,古人可是有"心事付瑶琴"的说法。后面"多生永劫追孤凤,万语通宵说一情"一句直接点破,将子敬的心思点明了出来。

终于知道题目为什么叫"暖雨"了,思念一个人的时候,就算下了雨,雨水也是温柔的,也是温暖的,也是甘甜的,也是如诗的……情不知所起,一往而深,深深深几许,春风一万里。

淡黄衫子映葵心,疏澹是知音,斑斑几点相思泪,知何许、一往情深。愿如花美眷在似水流年里有情人终成眷属,愿每个人都能够倾尽一生爱一个人,最好相思不相负,最好执手共白头。

满城尽染芙蓉色

一

她是一朵芙蓉,盛放在大唐灿若烟霞的时光里。她是旁逸斜出的一朵,不开则已,开了,便人尽皆知了,便惊天动地了,便石破天惊了,便满城风雨了。她是大唐盛世里的一朵奇葩,是啜饮甘霖的绛珠仙草,香气袭人久,人间始芬芳。

浣花溪畔,草木成春。在这遗世独立的一隅,她吟风弄月,独居于此。她是在水一方的芙蓉,明明低调而隐忍,明明藏身于苍苍蒹葭的静谧恬然里,却难以掩盖住,她那绝世的风华。

浣花溪畔，风光旖旎。杜甫的草堂在这里，平平静静，风雨安然。因了她的出现，想必这座简陋的草堂，平添了几分春色吧。唐末韦庄在《乞彩笺歌》中写道："浣花溪上如花客，绿阁深藏人不识。留得溪头瑟瑟波，泼成纸上猩猩色。"

是怎样的一种彩笺，如韦庄所写的那般：留得溪头瑟瑟波，泼成纸上猩猩色？是怎样绝世的佳人，才能制出如此风华绝代的笺纸？

是她，薛涛。一个与刘采春、鱼玄机、李冶并称唐朝四大女诗人的女子，一个与卓文君、花蕊夫人、黄娥并称蜀中四大才女的女子，她曾在诗中说："多留晋贤醉，早伴舜妃悲。晚岁君能赏，苍苍劲节奇。"她本就是一代传奇，因了浣花笺的传世，更增添了一抹亮丽的颜色。

浣花笺，又名薛涛笺，有深红、粉红、杏红、明黄、深青、浅青、深绿、浅绿、铜绿和浅云十种颜色，每一种颜色都是一首诗，每一首诗都是一段闲愁。后世流行的浣花笺，为红色小八行纸，大小相宜，色泽明晰，入目生光，诗意如许。

据《唐音要生》载："诗笺始薛涛，涛好制小诗，惜纸长剩，命匠狭小之，时谓便，因行用。其笺染演作十色，故诗家有十样变笺之语。"《薛涛小传》亦云："涛，侨止百花潭，躬撰深红小笺，裁笺供吟，应酬贤杰，时谓之薛涛笺。"

世人都云浣花笺如诗如画，清雅脱俗，又有谁知晓一方诗笺的背后，隐藏着怎样的忧伤？她不过是一名柔弱的女子，本该寻寻常常地嫁人生子，终此一生，但上天赋予她绝世风华的同时，也注定了她的一生，充满了崎岖与不凡。

二

浣花溪畔，风清月白。于她眼里，那冷冽的风，是剪不断理还乱的闲愁吧？于她眼里，那皎洁的月色，是凝不尽的风霜，是望不尽的荒草吧？回眸顾盼中，良人不在，良夜何其？水声泛着清波，青灯映着苍颜。

这一生，爱一个人，足矣。

原本，她以为，她不会为谁心动，哪怕是待之如宾的韦皋，亦不曾入了她的眼。韦皋何许人也，蜀地节度使也，他慕名前来，仅仅是为了，一睹芳颜。席上，她赋诗曰："乱猿啼处访高唐，路入烟霞草木香。山色未能忘宋玉，水声犹是哭襄王。朝朝夜夜阳台下，为雨为云楚国亡。惆怅庙前多少柳，春来空斗画眉长。"爱其才，所以韦皋上奏朝廷，奏请授予薛涛秘书省校书郎的官职，虽未获允，但从此，人们便自发地称她为"女校书"。

此后更换的十一位节度使中，无不对她青睐有加，只是从始至终，她的心门从未敞开过，未曾有人走出去，也未曾有人走进来。知音少，弦断有谁听？才情如此的她以为，此一生，也就这样了。

直到遇见了他，元稹。

那时，她只知道，他是风度翩翩的公子，是名动天下的诗人，她并不知道，这一场相遇，是金风玉露一相逢，便胜却人间无数。

他是知道她的。那时，她是色艺双绝的女子，是诗情涌动的佳人，爱其才，更慕其人，他抑制不住内心的向往，几度思忖后，终于跋山涉水，上门拜访。

她只是出于礼貌接待了他,她并不知道,她起初的淡然,渐渐变了颜色,如一泓清泉,渐渐沾染了红日的脉脉斜晖。直至酒尽灯昏,良人离去,她才惊觉,原来,原来,她早已深深地陷入了泥沼,陷入了似水的柔情里。

翘首以盼,似待人来。此后的日子里,她是他的肩上蝶,他是她的鬓上钗,他们出双入对,如胶似漆,终日缠绵在爱的世界里,看柳钓一江烟色,听风拂半山鸟鸣。爱上了,便万劫不复了,她在《罚赴边有怀上韦令公》中写道:"闻说边城苦,而今到始知。羞将门下曲,唱与陇头儿。"那一点点女儿的情思,如雨打风吹后的湖面,微波荡漾,藻荇如诗。

她甚至写下了那首浓情蜜意的《池上双凫》。

池上双凫

唐·薛涛

双栖绿池上,朝暮共飞还。
更忙将趋日,同心莲叶间。

美好的愿景,在她的心上,次第展开。

彼时,已是四十六岁的她并未意识到,她已然到了芳华不再、秋暮悲歌的年纪,而他又是一个放纵多情的男子,岂肯为了一枝独秀,放弃满园春色?他终是走了,走得坚定且决绝,哪怕连一个留念的眼色,都未曾留下。

只留下了她,一朵盛世绽放的芙蓉,于薄暮微云里,独立清风中,看尽半江瑟瑟半江红。流的是红泪吧？——风荷举的翠色里，几滴红泪分外惊心，一滴为"山无棱，天地合，夏雨雪，乃敢与君绝"的誓言而流，一滴为"豆蔻芳华不再，迟暮渐起秋声"的岁月而流。

他走了，她还爱。哪怕"朝暮共飞还，同心莲叶间"的美好愿景业已成空，可是她，依旧爱——哪怕爱得体无完肤，哪怕爱得万劫不复。韦庄有词云："妾拟将身嫁与，一生休，纵被无情弃，不能羞。"她选择了相思，选择了一个人，承受这份夭折的爱情。她说："爱是一个人的事情，我爱你，但与你无关。"

三

浣花溪畔，一人独居。笺上字喋血，饮泪到三更，此时的她，心心念念里全是他，入梦了见他，梦醒了想他。思他想他念他爱他，他是清风，是明月，是青山，是绿水，是数不尽的春色如许，是看不尽的人间四月天。

在梦里，他还是那个白衣胜雪的男子，一扇掩风流，额前眉似月，而她依旧是豆蔻芳华的少女，明眸皓齿，冰肌如雪，一颦一笑间花谢花飞花满天，芬芳四溢，艳绝人间。梦醒了，茕茕孑立一个人，独守空闺，枕冷了，衾凉了，月光如水，如泪盈怀。

她只能把相思，捻作一枚枚淡雅的文字，如一朵朵芙蓉，盛放在心字成灰的笺纸上。纸上听风，雨落心头，诗笺遗泪，一梦千古。千年后铺开一页页浣花笺时，有谁能够读懂，她欲笺的心事？有谁能够慰藉，她独倚斜栏时，落寞的背影？

屏风绝句

唐·杜牧

屏风周昉画纤腰,岁久丹青色半消。

斜倚玉窗鸾发女,拂尘犹自护娇娆。

在成都望江楼,镌刻了一副对联,苍劲的笔墨里,岁月如波,荡漾着一朵芙蓉的倩影:"古井冷斜阳,问几树枇杷,何处是校书门巷?大江横曲槛,占一楼烟月,要平分工部草堂。"

浣花溪畔,风雨安然,这个与诗圣杜甫平分秋色的女子,独眠于大唐盛世的岁月一隅,几笺心事付流云,满城尽染芙蓉色。

鲜衣怒马少年时

一

不知道出处,却是很喜欢。

有光阴的味道在里面,每一个字,都是年少时的鲜衣和怒马。

最早,是在雪小禅的文字里遇见的,她说:"在时间的旷野上立马横刀,放眼望去也许满目荒愁。有多少人擦肩而过再没回头,有多少人有过交集亦成陌路。但到底有那赏心三两枝,一起相惜相守不嫌不弃,是那薄情世间的情义之人。浮世滔滚中,唯有不变的心昭昭日月。"

她还说:"我一生都在向往的故事,也许就是那一小段光阴,沉默的,寡言的,白衣少年,鲜衣怒马。"

为什么喜欢雪小禅的文字?这样锦心绣口的一个人,说出来的话,是那样的直抵人心。如果内心有一片柔软之地的话,这片地上的草木、山河、春秋、岁月,全是雪小禅的文字,全是雪小禅说过的话。

雪小禅一生都在向往故事,自己的,别人的,伶人的,匠人的……印象最深的,是关于小奴家的,这不是他的名字,但大家都这样叫他。雪小禅去教学,他去听课,后来结束了,他跟着雪小禅,但是不说话。直到雪小禅问他除了京剧还会唱什么,他眼神一下子发出光来,急说道:"上党梆子,还会上党梆子。"他似乎一直在等待,等一个机会,现在,这个机会来了。果然,雪小禅问他能不能唱几句,几乎毫不犹豫地,他开口就唱:"小奴家正青春芳龄二八,容似海棠花,想起他来泪如麻……"真是一个妙人,不是吗?

向往故事的人,内心一定悲欣交集。

鲜衣怒马少年时,你的鲜衣,我的怒马,他的年少,她的流年……所有光阴,所有故事,全在这句诗句里,让人心心念念,欲语还休。

每见这句诗,总有歌声响起,从心里响起,一直响彻整个人间。

少年锦时

赵雷

又回到了春末的五月

凌晨的集市人不多

小孩在门前唱着歌

阳光它照暖了西河

柳絮乘着大风追
树影下的人想睡
沉默的人从此刻开始快乐起来
脱掉寒冬的傀儡

我忧郁的白衬衫
青春口袋里面的第一支香烟
情窦初开的我
从不敢和你说

仅有辆进城的公车
还没有咖啡馆和奢侈品商店
晴朗蓝天下仰头的笑脸
爱恨简单

钟声敲响了日落
柏油路跃过山坡
一直通向北方的 使我们想象
长大后也未曾经过

扒满青藤的房子

屋檐下的邻居在黄昏中飞驰

秋天的时候柿子树一熟

够我们吃很久

收音机靠坐在床头

贪玩的少年抱着漫画书不放手

陪我入睡的 是月亮的忧愁

和装满幻梦的枕头

沾满口水的枕头

谁的少年锦时不是如此？每一次听见，都泪水涟涟，那个情窦初开的少年，那个不敢表白独自相思的少年，全都定格在记忆的笺纸上，偶尔回忆起来了，便来重温一下。

岁月如风，谁发如雪，听雨于楼上，此时与彼时，却是两种不同的心境。有人写"水涨轻红犹脉脉，雨晴浓绿正沄沄，看花若是去年人"，好一个"去年人"，看似云淡风轻，实则内心早已波涛汹涌。

怎么不波涛汹涌，怎能不波涛汹涌，光阴如雪之下，那可是一个人的年少与故事啊。所有的懵懂、无知、轻狂和悲喜，全在去年时。去年哪里是狭义的去年，是在此之前的，过去的每一年。

还有一首《玉楼春》，比这句更凄绝，欧阳修说："玉钩帘下香阶畔，醉后不知红日晚。当时共我赏花人，点检如今无一半。"无一半……是远在天涯还是生死相隔？反正见不到了，再也见不到了。

二

年少时的那些人那些事或许会走失，但是年少时那些鲜衣怒马的光阴，却一直会记得。这些光阴，早已烙印在了骨子里，生时带在身上，死后，与自己一起，零落成泥碾作尘，只有香如故。

时光会记得。记得"追寻少日，永惜狂踪，萧萧梅雨苏州"，记得"小泊津头，听秦弦缭绕，吴语轻柔"，记得"别后光阴，眼前怀抱，相思化作三春草"，记得"我有扁舟移不得，洼池路断五湖云"。

不知道出处，这是真的。查了许久，寻了许久，也没在诗词相关的集子里见到这一句，"鲜衣怒马少年时"，怎么会寻不到呢，怎么会查不到呢，只知道"少年时"这个词，大抵引用的是孟郊的诗句。孟郊在《登科后》中写道："昔日龌龊不足夸，今朝放荡思无涯。春风得意马蹄疾，一日看尽长安花。"

春风得意，跃然诗上，鲜衣怒马少年时，也大抵是这个样子了。

不过，还是寻到了蛛丝马迹，在网络上，寻到一阕《鹊桥仙》，其中就有"鲜衣怒马少年时"这一句，是不是古人作的，无从得知。

鹊桥仙
湛湛长空，乱云飞度，吹尽繁红无数。
正当年，紫金空铸，万里黄沙无觅处。

沉江望极，狂涛乍起，惊飞一滩鸥鹭。
鲜衣怒马少年时，能堪那金贼南渡？

题目的后面，有"岳云"二字。

岳云者，岳飞之子也，少年将军，战功卓著。

但不知作者是岳云，还是这首作品是写岳云的，不知道就不知道吧，有什么关系呢，单是立马横刀于文字上，也是羡煞旁人了。

雪小禅说："成长的过程是一个破茧成蝶的过程。年少的轻狂、白日放歌、纵意，随着尝遍世间毒草而克制、温润、收敛。"这阕《鹊桥仙》，没有克制，没有温润，甚至一点也不收敛，有的，是年少的轻狂、纵意，以及白日放歌的豪气，怎么说呢，就像一座火山，已经喷薄了，焰气滔天，惊天动地。

黄沙百战穿金甲，不破楼兰终不还，少年的岳云，将那蓬勃的朝气与茂盛的青春，全都化作豪情无数。在当时那个年月，这样的少年一定不在少数，岳云只是其中的一个。

繁红无数又如何，姹紫万千又如何，无心赏呀，少年的心心念念里，不是风花雪月，不是儿女情长，是山河破碎风飘絮，是身世浮沉雨打萍……也许熟睡时，手中依旧紧握着刀剑，这个不敢忘忧国的少年，随时准备上战场。

沉江望极，狂涛乍起，惊飞一滩鸥鹭——浪沙淘尽多少英雄人物，多少英雄沉骨在江中，面对裂岸的惊涛，鸥鹭可以惊飞，自己却不可以，要是自己怯弱了，失去的山河，几时才能收复回来。

更重要的一点是，他是岳飞之子啊，从血脉上讲，就算不如父亲那般"壮志饥餐胡虏肉，笑谈渴饮匈奴血"的气概，也要有"马蹀阏氏血，旗袅可汗头，归来报明主，恢复旧神州"的样子。

豪气干云的背后，我知道，隐藏的是一个少年的无奈与叹息。

每每读到"鲜衣怒马少年时，能堪那金贼南渡"这一句，总为这个少年而心疼。鲜衣怒马少年时，正是青春正好、年少轻狂的时候，不说酒楼歌坊任流连吧，也该是诗酒人生很快意的样子，或者灯下诗书灯上月，梦在金榜题名时。

这个年纪的少年，应该在太平盛世里享受大好年华才对，不禁叹一句造化弄人，造化弄人啊。

小重山·昨夜寒蛩不住鸣
宋·岳飞

昨夜寒蛩不住鸣。惊回千里梦，已三更。
起来独自绕阶行。
人悄悄，帘外月胧明。

白首为功名。旧山松竹老，阻归程。
欲将心事付瑶琴。
知音少，弦断有谁听。

于是再读岳飞这首《小重山》时，何止泪水涟涟，简直决了堤，心里的防线，一下子崩溃了。于是，时光寂寂起来，偶尔飘来的几声蛩鸣，是天上落下的几滴冰雨，那么冰，那么凉，那么幽凄孤绝，那么黯然神伤。

欲将心事付瑶琴——是啊，鲜衣怒马谁不渴望？尤其闲愁如许的时候,心底的心事,说给瑶琴听。不,不是说给瑶琴,是说给抱着瑶琴的佳人听。红粉佳人,你若懂我,这一生便无遗憾了。

但也只是想想。一句"知音少,弦断有谁听",将所有美梦打破,赤裸裸的现实就是,心事如花零落,落在无人处,落在无人时。

不禁感叹自己很幸运。至少,在这太平盛世里,可以,做自己喜欢的事。

如果可以,岳飞呵,为你弹一曲吧,只有你和我,在那风清月明时。彼时,不用立马横刀,不用金戈铁马,所有烽火战事只是一场梦,一梦醒来,你还年少,她还如花,我只是一名弹琴的老叟,为你,为她,也为天下弹。

如果可以,便做一回岳云的兄弟。你若翻墙,我便翻墙,逃了那先生的照本宣科,在那偎红倚翠里,纸醉金迷又何妨。年少时做年少事,狂一点挺好,癫一点也好,只要你愿意,那么我陪你。

你不愿意,我也陪你。

疯一场吧,再不疯再不狂再不偎红再不倚翠,我们,就都老了。

三

《圣经》上说,不可试探你的神你的主,到此为止。但是对于年少,怎么可以到此为止。

一定彻彻底底,倾尽一切,好好地绽放一场。

见过很多人,听过很多故事,听得最多的,是一个词语,"后悔"。

一个人说："我好后悔啊，我应该早早练了字，现在也不至于写字那么难看了。"一个人说："我好后悔啊，如果，如果，如果当时再大胆一点，向她表白一下，也许她会同意也说不定，也许现在，她就不会是别人的新娘了。"一个人说："其实，真的蛮后悔的，年轻时不懂得珍惜，现在老了，明白了，却没了从头再来的机会。"还有一个人说："真的好后悔啊，我的青春我做主，可是当时，怎么就没能自己做主呢？现在走了一条不归路，自己不喜欢，别人也不喜欢。"

所以常常问自己，你后悔了吗？

光在歇息

鲁橹

少女说：她见过一张森林的底片

她见过自己

当藤萝不再攀援于树

当风也羞于路过

——那些曾经的茂盛和葳蕤

是一条河流的汹涌

是一条小溪

是光在歇息

现在。黑白呈露，它们安静，肃穆

像立于天堂,找到了生存的基石
绽开的皮肤,是一张张指路的标示
你有来处的繁华,也必有去处的顿悟
——女孩,人生行进于斯
是该致敬的时候了

每一次读到这首诗,古井水似的内心,总能够漾起微澜。这是一个少女的成长史,那些时光,那些往事,一一在心头。

鲁橹说:"人生行进如斯,是该致敬的时候了。"一下子心惊。不只是心惊,还有慌乱,还有无措以及不镇定。"致敬"二字太重了,压到人心里,教人喘不过气来。也一下子陷入沉思,致敬?致敬什么?有什么值得致敬的吗?

如果没有,那是何等的苍凉啊,人生如一张白纸,一个字一笔画都没有,是慢慢长夜里,看不见星辰,也看不见行人。

这个少女后悔吗?

也许,不后悔吧。

至少,在时光的彼岸,她还能看到自己。一个,曾经的,自己。一个,茂盛的,葳蕤的,自己。如此,便足够了。

叙旧赠江阳宰陆调

唐·李白

泰伯让天下,仲雍扬波涛。
清风荡万古,迹与星辰高。

开吴食东溟，陆氏世英髦。
多君秉古节，岳立冠人曹。
风流少年时，京洛事游遨。
腰间延陵剑，玉带明珠袍。
我昔斗鸡徒，连延五陵豪。
邀遮相组织，呵嚇来煎熬。
君开万丛人，鞍马皆辟易。
告急清宪台，脱余北门厄。
间宰江阳邑，剪棘树兰芳。
城门何肃穆，五月飞秋霜。
好鸟集珍木，高才列华堂。
时从府中归，丝管俨成行。
但苦隔远道，无由共衔觞。
江北荷花开，江南杨梅熟。
正好饮酒时，怀贤在心目。
挂席拾海月，乘风下长川。
多沽新丰醁，满载剡溪船。
中途不遇人，直到尔门前。
大笑同一醉，取乐平生年。

还是艳羡李白。这个"天子呼来不上船，自称臣是酒中仙"的男子，他的鲜衣怒马少年时，一定多姿多彩，一定浓墨重彩。

从这首诗里，就可以窥见一斑。

诗题有"叙旧"二字，叙旧是什么，就是说说自己的过去。比"致敬"轻得多，这种轻，更容易让人接受。

一直很好奇李白的少年时光是什么样子。

现在终于知道了。

果然，果然，果然和印象中的差不多，那么鲜衣，那么怒马，那么恣意，那么轻狂。轻狂是一种态度，更是一种感觉，"桃花仙人种桃树，又摘桃花换酒钱"的唐伯虎也轻狂，如果他俩生在一个时代，不是既生瑜何生亮，就是高山流水遇知音。

诗中有"风流少年时"的句子，这样的句子，李白配得上。

腰间延陵剑，玉带明珠袍，我昔斗鸡徒，连延五陵豪，这样张狂的少年，爱者有之，恨者亦有之。这个"清风荡万古，迹与星辰高"的李白，全都不管不顾了，一副我行我素的样子，也难怪后世有人会说："狂到世人皆欲杀，醉来天子不能呼。"

李白说："中途不遇人，直到尔门前，大笑同一醉，取乐平生年。"多么快意平生啊，有这样一个朋友一定悲喜交加，爱也不是恨也不是，爱的是他的耿直和率真，恨的是与这样的人在一起，一醉就是好几天。

头疼否？再头疼也认了。赏心只有三两枝，如果真能做朋友，便与李白一起，在风流处，在少年时，呼儿将出换美酒，与尔同销万古愁。

腰间宝剑映金章

一

突然想写剑。

一个"剑"字,散发着峭拔的英气。这是一种诱人的气场,不妩媚,不妖娆,却惹得见到的人,不由自主地,一步一步逼近。是的,是逼近,剑气逼人的"逼"字,比"走近"更生动许多。

有一位写诗词的朋友,很英气,仿佛一把剑。也许,就是一把剑吧,他上辈子一定是一把剑,因此这辈子,骨子里还流淌着无数剑气。

他叫云岑子。

名字也很峭拔。

诗词集叫《狼嗥集》,在自己的简介中,他这样写道:"性格疏狂不羁,嗜诗书好酒剑,有丘壑之志,乃自号云岑子。"

大抵是因了剑气的缘故,他最喜欢的词人,是辛弃疾。辛弃疾也是个与剑有缘的人,"醉里挑灯看剑,梦回吹角连营"的辛弃疾,实在太深入人心了,因此,他喜欢他。

云岑子喜欢集句,尤喜集辛弃疾的句子。云岑子曾一连集了五首《贺新郎》,这般功力,鲜有人见。

他自己也说了,嗜诗书好酒剑,这样的男子,其实有一点点李白的影子。如果古代也有男神,如果一定要选出一位男神,一定是李白,他的诗酒剑的人生,实在太光芒万丈了。

沁园春·训剑

云岑子

剑且来前，老子乘醉，训尔一番：

"忆泰阿威道，诸侯胆战；赤霄霸气，百兽心寒。

河套蒙恬，雁门李牧，剑斩匈奴血未干。

而今你，竟负于欧冶，匣里偷安。"

汝言"非我贪欢，风胡死，平生知遇难。

恨繁荣八表，却燃烽火；升平四海，频起波澜。

西北将沉，东南欲坼，逆虏猖狂正叩关。

同君约，待明朝出鞘，直取楼兰。"

很有意思的文字不是吗？

读到第一句便笑出声来，这人是趁着醉意撒泼哩，你看，一个"训"字多么生动，将气场一下子镇住了，想必被训之剑一定蒙圈了，然后傻傻地立在云岑子面前，等一场暴雨狂风的到来。

云岑子一定挺直了腰杆，指着鼻子胡骂一通。

说是胡骂，也只是说笑而已，且看他怎么骂的："而今你，竟负于欧冶，匣里偷安。"你怎么可以偷安于一隅呢，你应该学学河套的蒙恬、雁门的李牧，上阵杀敌才是。骂得有理有据，骂得理所当然，于是再次想起他对自己的介绍，果然疏狂不羁啊。

被骂了这么久，剑也该清醒过来了，于是擦干了眼泪，开始反驳：不是我贪生怕死啊，我也懂得知遇之恩的道理，在这举世繁华的格局下,突然发生了战事,我也是很不愿意看到的。西北方已经沦陷了,东南方也快要遭殃了,逆贼如此猖狂,如今正一步一步逼近城关,我心里也非常着急啊。要不这样吧,我们歃血为盟,做一个约定如何,明天你带着我奔赴沙场,不破楼兰终不还好不好?

说得声泪俱下,委屈万分……这样的宝剑,实在太有个性了。

这首《沁园春》只是描写了一个简单的训剑的画面,却生动有趣,极富感染力,同时也将云岑子爱剑心切的样子表现了出来。

虽然狂放不羁,却也愿意为国家奉献出一点点力量,这样言志的文字,剑一样峭拔,直指人心。

二

云岑子好剑,不只是写写。

他曾有"抽剑平戎男儿志,帝子真曾关注"的句子,曾有"可怜金阙无诏,书剑老红尘"的句子,曾有"谁言世路微茫,只尘俗、无人似我狂。向冥空抽剑,切鳌成脍;灵河援斗,舀海为浆"的句子,也曾有"剑把东溟长鲸斩,望穿苍、凭盏邀天帝。君肯否,共吾醉"的句子。

而他自己也舞剑。

买了剑来,剑舞江湖。

这就是云岑子,一个峭拔的男子。

曾相约游天河潭,在湖岸上,烟雨茫茫,碧波如洗。云岑子虽然没佩剑而来,却在岸边,舞了一场"三清妙境殷勤悟,一晌浮名彻底抛"。手中无剑,心中有剑,剑气逼来,日月如霜。

曾迷过无名很长时间。

电视剧《风云·雄霸天下》中,无名是名震江湖的一代宗师,有"武林神话"之美誉。他对武学悟性超凡,为人更是慈悲仁善,却因了盛名招忌,以至于家破人亡,最终心灰意冷,归隐山林。

孙兴演的无名最真实,入木三分的拿捏,将无名刻画得惟妙惟肖。无名的万剑归宗最是动人,那是对剑的体悟,也是对剑最入心的认识。

收襄阳城二首·其二

唐·戎昱

五营飞将拥霜戈,百里僵尸满浐河。

日暮归来看剑血,将军却恨杀人多。

看了这首《收襄阳城》,感受到了莫大的慈悲。也许,这首诗与无名的心意,就是相通的。

无名看淡荣华,返璞归真,他明白真正的强者,不是谁最厉害,而是内心慈悲。内心慈悲的人,不会为了争强斗胜,而伤害任何生命。就如这首诗所写的,日暮归来看剑血,将军却恨杀人多。

想来这位将军的内心也是复杂的,尤其见了"五营飞将拥霜戈,百里僵尸满浐河"这样悲壮的场面,不禁质问自己:战争的意义究竟是什么,自己做的事儿,到底是对的还是错的。

五营飞将皆兄弟,一将功成万骨枯,谁受伤谁流血都是不愿意看到的,只愿见到的是,铸剑为犁,世间从此无战事。

霜髭拥颔对穷秋,著白貂裘独上楼,向北望星提剑立,一生长为国家忧。真希望挥剑斩楼兰的时代赶快到来，人人安居乐业，不用忧国忧民，君王不上早朝也可以，臣子不再议事也可以，远在边疆的将军，可以同兵士一起，通宵达旦，载舞载歌。

一句"将军却恨杀人多"，让人心酸不已，真想去到那个年代，与将军秉烛夜谈。谈什么好呢？就谈年少吧。然后斟一杯酒，一杯复一杯，直至他醉了，我也醉了。醉可忘闲愁啊。

三

太沉重了，还是轻松点好。

还是，说回舞剑吧。

观公孙大娘弟子舞剑器行

唐·杜甫

序：大历二年十月十九日，夔府别驾元持宅，见临颍李十二娘舞剑器，壮其蔚跂，问其所师，答曰："余公孙大娘弟子也。开元三（一作五）载，余尚童稚，记于郾城观公孙氏舞剑器浑脱，浏漓顿挫，独出冠时，自高头宜春梨园二伎坊内人洎外供奉，晓是舞者。圣文神武皇帝初，公孙一人而已，玉貌锦衣，况余白首，今兹弟子，亦匪盛颜。"既辨其由来，知波澜莫二，抚事慷慨。聊为《剑器行》。往者吴人张旭，善草书帖，数常于邺县见公孙大娘舞西河剑器，自此草书长进，豪荡感激，即公孙可知矣。

昔有佳人公孙氏，一舞剑气动四方。
观者如山色沮丧，天地为之久低昂。
㸌如羿射九日落，矫如群帝骖龙翔。
来如雷霆收震怒，罢如江海凝清光。
绛唇珠袖两寂寞，况有弟子传芬芳。
临颍美人在白帝，妙舞此曲神扬扬。
与余问答既有以，感时抚事增惋伤。
先帝侍女八千人，公孙剑器初第一。
五十年间似反掌，风尘倾动昏王室。
梨园子弟散如烟，女乐馀姿映寒日。
金粟堆南木已拱，瞿唐石城草萧瑟。
玳筵急管曲复终，乐极哀来月东出。
老夫不知其所往，足茧荒山转愁疾。

遇见这首诗，应该很早了。那时候痴迷古诗词，后来不知从哪寻到了一本《唐诗三百首》，说是一本其实很牵强，只有半本吧，甚至半本都不到。

书已经散开了，后来一页一页排列，才还原了它的面貌。这首诗就是在剩下的那半本书里遇见的。初见时只是觉得好，很惊艳很精彩，如今再读时，却别有一番滋味在心头。

舞剑自是没得说，公孙大娘是行家，舞出来的剑，当然惊动天下，名冠千秋了。杜少陵说，先帝侍女八千人，公孙剑器初第一，实在是震撼，能够从八千人中拔得头魁，这得多大的实力啊。

也定然少不了早时的苦练吧，华丽的背后，我知道，是汗水与泪水汹涌的海洋。

珉筵急管曲复终，乐极哀来月东出——想起"曲终人未散，江上数峰青"来，急促的乐曲戛然而止，剑也慢慢停了下来，那个从美轮美奂的舞剑表演中渐渐平静下来的人，一下子无所适从，旋即乐极生悲。彼时，月已经出来了，只有珉筵琴瑟，静静地躺在那里。

老夫不知其所往，足茧荒山转愁疾——这个不知何去何从的老人，迈着艰难的步子渐行渐远，但总能从他的背影里看出一丝悲凉，这是为什么呢？我想，大抵是对今昔的一场慨叹吧。

新读兵书事护羌，腰间宝剑映金章，少年百战应轻别，莫笑儒生泪数行。

人生如梦，起起落落，风光不再，鬓亦微霜，一句"梨园子弟散如烟，女乐馀姿映寒日"道出了多少悲辛与无奈，也许今生繁华如此，到了来世，也必有一场相逢。与梨园子弟相逢，也与曾经年少的自己相逢。

窗外芭蕉窗里人

一

初见这阕长调时，一下子被惊艳到了。也正是因了这阕作品，才让一个白衣胜雪的男子，出现在我的世界。

雨霖铃·寒蝉凄切

宋·柳永

寒蝉凄切,对长亭晚,骤雨初歇。

都门帐饮无绪,留恋处、兰舟催发。

执手相看泪眼,竟无语凝噎。

念去去、千里烟波,暮霭沉沉楚天阔。

多情自古伤离别,更那堪、冷落清秋节!

今宵酒醒何处?杨柳岸、晓风残月。

此去经年,应是良辰好景虚设。

便纵有、千种风情,更与何人说!

　　曾有人说,每一次相遇都是久别重逢,而对于我来说,仅仅一次初见,便让我产生这样一种错觉:也许在前生,彼此已相识。

　　也许不只是相识,甚至是相知,成为互唱互和、互吟互饮的挚友。这样的感觉自伊时起,便春风一样浩荡了,不止是十里春风,甚至是百里、千里、万里,十万山河全都春花烂漫于一次初见时的惊艳与倾心。

　　是错觉吗?

　　是!

　　也不是!

　　这样的感觉,真教人酥了心。这是致命的。教人一下子沉沦了,便难以自拔出来。不,是不愿出来。

这是柳永最脍炙人口的作品。在这凄绝哀美的句读间，我读到的，是一个词人的苍凉与悲辛，是一介书生的无奈与太息。

长亭，一个自古伤离别的地方。

唐代诗人司空图曾有《长亭》诗云："梅雨和乡泪，终年共洒衣。殷勤华表鹤，羡尔亦曾归。"一下子击中泪点。那飞来飞去的鹤啊，多么的自在与闲逸。曾有人骑鹤成仙，亦有人梅妻鹤子，好不洒然，关于鹤，一切都那么美好。而司空图羡慕的，竟不是这些，而是于我们而言再寻常不过的一件事情：它曾经归来。

由此足见长亭于古人，多是一个此去不相见的地方。不是不想见，而是想见，却不一定见得到。关于长亭，记忆中最深刻的，莫过于弘一法师李叔同的《送别》了。

送别

民国·李叔同

长亭外，古道边，芳草碧连天。
晚风拂柳笛声残，夕阳山外山。
天之涯，地之角，知交半零落。
人生难得是欢聚，唯有别离多。

长亭外，古道边，芳草碧连天。
问君此去几时还，来时莫徘徊。
天之涯，地之角，知交半零落。
一壶浊洒尽余欢，今宵别梦寒。

不知吟唱过多少回。犹记得当年上初中，音乐老师教了这一首歌，一下子迷上了恋上了，时时哼唱这首歌，似乎做梦时，悠扬的歌声也曾出现过。后来更是写了一首诗，当然是模仿，内容已记得不大真切，但是我知道，那是《送别》的影子。

雨初停，蝉未止，这样的哀婉，实在扰人心肠。

是在蝉声中欲语还休的。所有情愫如泥水一般淅沥，在蜿蜒的小径上，如此的黏腻，如此的苦闷。

独自惆怅叹飘零，寒光照孤影。这大抵是柳永当时的心境了。恋人的背影渐行渐远，而柳永自己，只能在那长亭中，拍遍栏杆，无语凝噎。

文字作于失意之时。彼时，柳永因作词忤仁宗，遂"失意无俚，流连坊曲"，为歌伶乐伎撰写曲子词。那时候的柳永，纵然偎红倚翠，却也是借酒浇愁愁更愁了。

二

只有我知道，《雨霖铃》，其实是一个影子。

是柳永的半个影子。

另外半个，是另外一阕小令。

同我一样，也许只是初见，便从此迷恋不相忘了。彼时，柳永还年少，还不曾失意，还是那样的生龙活虎，还是那样的意气风发。

淳化元年，柳永的父亲柳宜受命全州通判，柳永虽然年少，却也随往于父亲身边。之后的几年，柳宜调往各地，柳永随往，个中奔波想来也是辛苦，柳永不仅不曾抱怨，反而在奔波途中，创作出了《劝学文》。

再后来，柳宜受命国子博士，按照相关条文，不得携家眷赴任。因此柳永不再随往。柳宜是个有心之人，知道儿行千里母担忧的道理，便请人画了像，命自己的弟弟捎上画像，带给远在故乡的母亲。就这样，柳永随着叔叔，一起回到了家乡。

柳永在家乡居住了很久。其间造访了多处名胜风光，之前提到的《题中峰寺》一诗，就是在这段静美的时光中挥笔而就的。

后来，柳永读到了一首词。

也许只是偶然。

又或许是命中注定。

在初见的刹那，柳永便着了魔。

是的，是着了魔，仿佛中了毒，太深太深了，不可救药了。痴迷的柳永，一字一句读，反复琢磨着，甚至爱到了极致，精心地，小心翼翼地，将这一阕小令，一笔一划地，题写到了墙上。

这样的喜爱，我是感同身受的。

曾几何时，因了一个小小的句读，便一下子欢欣起来，于是，寻一个清净的角落，拿出一个精美的本子，掏出笔，凝视着文字，然后，一横一竖地，一笔一捺地，誊写起来。《蝶恋花》《如梦令》《江城子》《甘草子》……这些妖冶的花朵，如那些三生三世的十里桃花，烂漫到了人心里，仿佛连灵魂，都有了怡人的幽芳。

那是在初中，喜爱得不得了，后来痴了醉了，迷了恋了，着了魔一样，开始写起来。这颗剔透的文艺心，就是从那时候苏醒的。

柳永也是如此吧?

我想,是的。

一定是这样!

眉峰碧·蹙破眉峰碧

宋·佚名

蹙破眉峰碧,纤手还重执。

镇日相看未足时, 忍便使、鸳鸯只。

薄暮投村驿,风雨愁通夕。

窗外芭蕉窗里人,分明叶上心头滴。

眉峰碧,伤离别。这一阕小令,大抵是写一对新婚的夫妇,因为某个不为人知的原因而别离,由此引发的一场哀怨之旅。

《眉峰碧》这样的文字,在柳永浩渺的《乐章集》中俯拾皆是,是什么触动了柳永,让他仅仅是初见,便如此难以忘怀?

初见这阕小令时,柳永是不写词的。在那时候,曲子词虽然不再受到文人的轻视甚或鄙夷,但到底是旁门左道,难登大雅之堂,与之后的地位相比,实在是卑微得可怜。

也正是因了这阕小令,不久之后,柳永尝试填词,在家乡造访各地名胜之余,也为家乡留下了一些脍炙人口的篇章。后来柳永成了填词的高手,每每填出新曲子,人们争相传唱,盛极一时。

据说柳永名声大振后,却依然忘不了《眉峰碧》。他经常将这件事说给相好的歌伎听,或许是为了博得佳人一笑,或许是因为情到浓时,彼此坦诚相待。我想这首于他而言有着启蒙意味的作品,早已植入了他的骨髓,以至于《乐章集》中,无处不浮现着这阕小令的影子。

《雨霖铃》应是这阕小令的影子吧?

但只是半个,另外半个,是柳永自己的。

也只能是他的。

三

在作家丁立梅的文字中,遇见过一个故事。

是的,是遇见。

她幼时家里不算富裕,家里的窗,只留着一个窗洞,是从来不糊窗纱的,窗帘也没有,冬天天冷了,风刮进来,大人们拿一把稻草塞上完事,其它季节也只是用块破塑料纸蒙着。某一天,她的一位同学未经她的允许跑来她家,她生气得很,只觉得羞耻。后来境况较好了,安上了绿窗纱,心里美美的她,欢喜地邀请同学去玩,还说"就是绿布窗帘的那一家啊",怕他们记不住,再三重复,"一定记住啊,是绿布窗帘哦"。

遇见之后,只觉得可爱。丁立梅的文字美如画,可在小时候,竟有这样的逸事,实在是莞尔。

那阕《眉峰碧》,不正是柳永的绿窗纱吗?人生中有很多绿窗纱,但只有那一道,也唯有那一道绿窗纱,才是记忆中不可或缺的风光。

每一次读到《眉峰碧》,总是情不自禁地想起柳永来。

当然想起的,还有另一阕小令。

惜分飞·富阳僧舍作别语赠妓琼芳
宋·毛滂

泪湿阑干花著露,愁到眉峰碧聚。
此恨平分取,更无言语空相觑。

断雨残云无意绪,寂寞朝朝暮暮。
今夜山深处,断魂分付潮回去。

也是眉峰碧,也是断人肠。朝朝暮暮的寂寞,与滴上心头的芭蕉雨,让人只能慨叹:无可奈何花落去,似曾相识的燕子啊,去了,便再也不会归来了。

心疼起柳永来。

这个白衣飘飘的男子,该如吕洞宾般放浪不羁,纵然官场失意又如何,不过是过眼云烟,理它做什么。倒不如学学李白,访仙,舞剑,天子呼来不上船,自称臣是酒中仙。

宋代词人王观有一阕《卜算子》,亦是品读《眉峰碧》时常常想起的作品。

卜算子·送鲍浩然之浙东
宋·王观

水是眼波横,山是眉峰聚。

欲问行人去哪边？眉眼盈盈处。

才始送春归，又送君归去。
若到江南赶上春，千万和春住。

只是王观的作品明快了许多。为什么会想起《卜算子》，不仅仅是因为眉峰，大抵更因了《卜算子》可以驱走《眉峰碧》中，那些苦闷纠缠的阴霾吧。

暮霭沉沉楚天阔，多情自古伤离别。柳永考场失意后，从汴京南下，大概是心情郁结，便想在寻花访柳中，治愈自己的伤口。只是他还年轻，梦想的花朵还未开放，他不甘啊，因此，一时的失意仅仅是一时，之后的之后，伤口渐愈，整装待发，他举剑问青天，何时惊天下。

写下《雨霖铃》时，伤口未愈，佳人难别。到底是多情种子，到底难忘美人恩，这时候的柳永，晓风残月，泪眼相看。

我知道，他是真的伤了心，因为佳人，亦因为失意。

还是喜欢初遇《眉峰碧》时的柳永。

只是痴痴的读，醉醉的品，这样的男子，不，应该说这样的书生，是最惹人怜爱的。这样的书生，不在落英缤纷的桃花源，不在云霞明灭的天姥山，不在兰舟催发的《雨霖铃》，而是行吟于《眉峰碧》你侬我侬的濛濛烟雨里，填一阕词，结一段缘。

画家老树作画时题过一首小诗："心怀一团欢喜，等待春风吹起。蔷薇开的时候，我在花下等你。"

等你。

等柳永。

等一个春光明媚的男子。

也等一个温文尔雅的书生。

山好更宜余积雪

一

初见,是在雪小禅的文字里。她说:"金农的册页里,总有一个人,一个女人。一个人心里有暖,笔下才有暖。金农的哑妻是他的仙芝灵草,点染了他册页中的暖意。哦,他写的——忽有斯人可想。"

初见仙芝灵草时,一下子倾了心。这样的暖意,何止金农有,雪小禅也有——尽管这个银碗里盛雪的女子,有一个薄凉的名字——雪小禅。

后来,读至"忽有斯人可想"时,更加倾心了。忽有斯人可想,那个人,是金农的哑妻,是每一个人心中的,那个心心念念的男子或女子。

后来,在许冬林的文字中,亦嗅到了暗香:"忽有斯人可想,斯人,是旧人。住在旧时光里,住在内心。像冬眠的爬行动物,惊蛰一声雷,他在心里软软凉凉地翻身。"

后来,寻来了册页,我欲在这线条勾勒下的册页里,遇见金农。特意寻来了金农的那幅山水人物画,其中题句:此间忽有斯人可想,可想。

想起了齐白石,想起了徐渭……在这个清寂的夜晚,月色清幽,远山含黛,忽有斯人可想,一下子有了兴致,于是寻来纸笔,研磨,铺笺,濡墨,临摹,书一纸楷体或草书,小篆亦好,瘦金更佳。好或者坏是没有区别的,明明错了字,明明涂了改了,却还是觉得好。

于是翻开册页,诗书或者画,随意吧。

画册亦好。桌上有《古今画鉴》,随意翻开一页,看绿肥红瘦,看残山瘦水,有幽篁凝烟,有劲竹拂云……看齐白石的画,喜看鱼虾戏水。尤其虾米,那寥寥几笔间,一只小虾在洁白的宣纸上活灵活现了。

喜看中国画。中国的画,有一种无端的美,无论山水、人物还是花鸟,无论工笔还是写意,在丹青的濡染下,一下子成形成神了。尤其意在言外,意在画外,在暗自揣摩中,一千个看者,都有了各自的气场。

寻来诗书亦好。寻来书贴,不临摹了,只是静静地端详,仔细地欣赏。是用心在欣赏。看怀素的《苦笋贴》,只见他随性而为,稀稀疏疏写了十四个字:"苦笋及茗异常佳,乃可径来。怀素上。"还有王献之的《鸭头丸帖》:"鸭头丸故不佳,明当必集。当与君相见。"这样的便条,单单是读着,也有暗香盈袖了。

二三书籍散落一地,猫腰拾起,最后一本竟是诗词选。忽有斯人可想,忽有诗词可吟,在盈盈的书卷气中,香气袭人,饶自芬芳。读李清照,"满地黄花堆积,憔悴损、而今有谁堪摘。守着窗儿,独自怎生得黑。"读朱淑真,"斜风细雨作春寒,对尊前,忆前欢。曾把梨花,寂寞泪阑干。芳草断烟南浦路,和别泪,看青山。"

读至魏夫人时,她独上高楼,迎风舒广袖,轻声吟唱中,大珠小珠落玉盘。

她的《虞美人草行》,盛放成一朵朵莲花,从她殷红的唇齿间,缓缓落了下来。

虞美人草行

北宋·魏夫人

鸿门玉斗纷如雪,十万降兵夜流血。
咸阳宫殿三月红,霸业已随烟烬灭。
刚强必死仁义王,阴陵失道非天亡。
英雄本学万人敌,何用屑屑悲红妆。
三军败尽旌旗倒,玉帐佳人坐中老。
香魂夜逐剑光飞,清血化为原上草。
芳心寂寞寄寒枝,旧曲闻来似敛眉。
哀怨徘徊愁不语,恰如初听楚歌时。
滔滔逝水流今古,楚汉兴亡两丘土。
当年遗事总成空,慷慨尊前为谁舞。

如此清寂的夜晚,忽有斯人可想。一旦想了,念了,心里呀,便枝枝蔓蔓,便草长莺飞了。

二

那日读到一首民歌,不由得笑了起来。

陆游在《老学庵笔记》里如是记录道:"辰、沅、靖各州之蛮,男女未嫁娶时,相聚踏唱,歌曰:小娘子,叶底花,无事出来吃盏茶。"

一下子欢喜起来。想到这样一个画面,一书生路遇一女子,不识,笑而问曰:"小娘子,吃杯茶去。"若是西北粗犷大方的女子,倒也随了去了。若是南方女子,必是羞红了脸,疾步离去。

《老学庵笔记》中,还有另一个记录。张芸叟作《渔父》诗曰:"家住耒江边,门前碧水连。小舟胜养马,大罟当耕田。保甲元无籍,青苗不著钱。桃源在何处?此地有神仙。"盖元丰中谪官湖湘时所作,东坡取其意为《鱼蛮子》云。

《鱼蛮子》,这名字真妙,较《渔父》这个题目,不知胜了几分。这首诗亦是有意思的,"桃源在何处,此地有神仙",结合东坡另取的名字,更值得玩味了,鱼蛮子,鱼蛮子,渔歌互答,此乐何极。一个"蛮"字,道尽多少阴晴圆缺,细雨绵绵。"小舟胜养马,大罟当耕田",如此渔樵闲话,哪怕一生做一个不识字烟波钓叟,心也甘了愿了。

忽有斯人可想,想起魏野来。

魏野,字仲先,号草堂居士,世代为农,自筑草堂于陕州东郊,一生乐耕勤种,植竹栽树,凿土引泉,弹琴赋诗。

书友人屋壁

宋 · 魏野

达人轻禄位,居处傍林泉。
洗砚鱼吞墨,烹茶鹤避烟。

闲惟歌圣代,老不恨流年。

静想闲来者,还应我最偏。

静想闲来者,还应我最偏,说出这话时,魏野是有底气的。如此一个清贫的男子,独坐幽篁里,弹琴复长啸,深林人不知,明月来相照。

最喜一联,洗砚鱼吞墨,烹茶鹤避烟。是在楹联大全上遇见的,后来喜欢了,爱上了,循着踪迹,追根溯源,最后寻到了这首诗。实在是意外,不是因为寻到了,而是因了这首诗,竟是如此之好。

是真好。

是返璞归真的,是欲辨已忘言的……这样的文字,纯净如清水。忍不住捧了一泓,轻轻饮了,那唇间那齿间呀,是清香,是甘甜,是薄凉,是清欢……一下子痴了醉了,诗里痴,词里醉,醉成一盏月色,悠悠流下云端。

那一个"偏"字,有一种说不清道不明的意味。偏爱这个字,是的,偏爱。就是爱了,就是喜欢了,从瀚如云海的诗里词里寻出来,如同在千千万万的人海中遇见你,如何不喜欢,如何不偏爱?

晏殊说,"闲愁闲闷日偏长";欧阳修说,"闲愁闲闷昼偏长";张元干说,"好去承明谠论,照映金狨带稳,恩与荔枝偏。回首东山路,池阁醉双莲"。辛弃疾又说,"算只因鱼鸟,天然自乐,非关风月,闲处偏多"。盈盈立处绿云偏,稀人心是尽人怜,此生得傍林泉住,合知此处有神仙。

这个神仙呀,就是静想闲来者,老不恨流年的草堂居士——魏野,他傍泉眠柳,坐看风烟,一生吟啸,好不快哉。

三

到底是倦了。合上书，拥枕而眠。

忽有斯人可想，恍恍惚惚间，似见一灯如豆，明明灭灭。《聊斋》读多了，看多了，是愿意发生一些志异的故事的。比如遇上小翠一样的狐仙，比如与水鬼成朋成友，诗酒半夜，任夜自飘零我自醉。

到底是人间。彻底醒了，一人独坐。窗外风萧萧，窗内灯昏黄，想起前几日遇见了好文字，倏地翻下床来，寻书而去。

纳兰芸泽说："如今，这朵千瓣莲，回到了源头。莲心不再苦。"低头弄莲子，莲子清如水，莲心不再苦了，莲花呀，也盛放了。

是逃不脱宿命了。当我在盈盈书香里流连忘返时，突然意识到了这一点。刹那间石破天惊。逃不了了，逃不了了，也不愿逃了。

已经认命了。就愿意在文字这坛酒水里一醉不醒，就愿意斟词酌句，咬文嚼字……有书香萦怀，连梦痕也是香的。

这样的光阴，是蜀绣，是帛书，是锦缎。

这样的光阴是绣出来的，一针一线地绣，一针一线地绣……绣了光阴，绣了华年，绣了风花与雪月，也绣了岁月与河山。

白音格力在《绣光阴》中写道："最美好的光阴一定是柔软的，柔软的光阴，一定具备刺绣细腻的针脚，里面藏有一针与一线最亲密的心事。"是的，我把书香与心事，全都绣在了光阴里。

忽有斯人可想。那一想，一念，在花开花落间，成雨成风了。

春日郊外

宋·唐庚

城中未省有春光，城外榆槐已半黄。
山好更宜余积雪，水生看欲倒垂杨。
莺边日暖如人语，草际风来作药香。
疑此江头有佳句，为君寻取却茫茫。

一下子被积雪吸引住了。有一个作家，就叫积雪草。积雪草，积雪呢，有一股清澈，有一股凛冽，有一种凉意。这种凉，是玉上烟——蓝田日暖玉生烟，是风烟俱净的风轻云淡，是寂寂光阴里的细水长流。

还有就是，药香。

是素喜药香的。至今犹记那句"念桥边红药，年年知为谁生"，这样的句子，在初识诗词时已是惊了艳了，如今再品，更能觉出其中滋味，于是更爱了。是放不下舍不了的，是一粒花痣长在人心上，一旦出现了，便不生不灭，不老不死了。

还有《踏莎行》，亦是喜欢："红药香残，绿筠粉嫩。春归何处寻春信。绣鞍初上马蹄轻，举头便觉长安近。"还有仇远的"花粘石风岭诗笔，风度溪房煮药香"以及黄常吉的诗句，"繁花结绣迷樵径，灵飘药香满客衣"。

真是痴了醉了，这样的句子，实在有着致命的惊艳。是有妖气的，是不能自拔的，一旦小荷才露尖尖角，便山摇地动，石破天惊了。

有一句诗更妖，"一道长街尽药香"，简直无法无天了，近乎邪了。邪到骨子里去了，所以一闭眼，跌入诗词深处，欲罢不能。却在沉沉欲睡中，响起一道声音："忽有斯人可想，可想……"，一朵莲花盛放开来，出淤泥而不染，濯清涟而不妖，亭亭玉立，在水一方。

许冬林说："这婵娟的白纱衣里，也有他呀。他如影随形，他化成月色，化成桃花，化成空气，化成时间……每想起，斯人皆在左右。"

斯人皆在左右，共吟一卷书香。